汤姆·斯威夫特和重力逆变器

【英】维克多·阿普尔顿Ⅱ 文
燕锐锋 等图
刘庆双 等译

江西·南昌
江西科学技术出版社

图书在版编目（CIP）数据

汤姆·斯威夫特和重力逆变器 / (英) 维克多·阿普尔顿Ⅱ文；燕锐锋等图 ；刘庆双等译. -- 南昌 ：江西科学技术出版社, 2018.3（2024.1重印）
（汤姆·斯威夫特丛书）
ISBN 978-7-5390-5873-3

Ⅰ. ①汤… Ⅱ. ①维… ②燕… ③刘… Ⅲ. ①儿童故事 - 英国 - 现代 Ⅳ. ①I561.85

中国版本图书馆CIP数据核字(2017)第046746号

国际互联网(Internet)地址：http://www.jxkjcbs.com
选题序号：KX2016079
责任编辑：郭绪书
特约编辑：龙轲轲

汤姆·斯威夫特和重力逆变器
TANGMU SIWEIFUTE HE ZHONGLI NIBIANQI

〔英〕维克多·阿普尔顿Ⅱ 文；
燕锐锋 等图；刘庆双 等译

出版发行	江西科学技术出版社
社址	南昌市蓼洲街2号附1号 邮编：330009 电话：（0791）86623491 86639342（传真）
印刷	三河市嵩川印刷有限公司
经销	各地新华书店
开本	700mm × 1000mm 1/16
字数	114千字
印张	11
版次	2018年3月第1版 2024年1月第2次印刷
书号	ISBN 978-7-5390-5873-3
定价	39.00元

赣版权登字-03-2017-48

前言 QIANYAN

人总是离不开阅读，特别是在现代化信息时代，阅读无疑更是我们难求的一片宁静港湾，让我们有机会去感受、去体悟、去反思、去认证我们的这个世界和未来的世界。

科幻小说是一种起源于近代西方的文学体裁，在尊重科学结论的基础上进行合理设想后形成的文学作品，具备“逻辑自洽”“科学元素”“人文思考”三个要素。科幻小说与一般的传统小说不同，其特殊性在于它与科学技术的发展有着直接的联系，能让读者间接了解到科学原理。但它又是一种文艺创作，它扎根于社会现实，反映社会现实中的矛盾和问题，在科学技术发展的方向上，提供若干有参考价值的预见。有时，某些科学发明尚未出现，科幻小说里则已经进行生动的描绘，如潜水艇、机器人和宇宙航行等。

著名文学评论家布哈伊·哈桑曾说，科幻小说可能在哲学上是天真的，在道德上是简单的，在美学上是有些主观的，或粗糙的，但就它最好的方面而言，它似乎触及了人类集体梦想的神经中枢，解放出我们人类这具机器中深藏的某些幻想。

阅读科幻小说至少让我们有如下的感受：

一、文学的轻松愉悦

科幻小说的主题非常明显，它会涉及“未来”和“未知”、“科学”和“规律”、“生命”和“文明”、“生存”和“冒险”等等，每一本科幻小说都是一个全新的世界，每一次阅读都是一段全新、充满惊喜的精神旅程。

二、科学与严谨的想象

爱因斯坦说过，想象力比知识更重要，因为知识是有限的，而想象力概括着世界上的一切，推动着进步，并且是知识进化的源泉。通过阅读科幻小说，感悟其中的想象力，在人文、哲理的思索上，在思想道德意识的增强上所起到的作用是潜移默化的、是发散性的，其威力是不可估量的。

三、引发科学与理性的思考

科幻小说中的“科学方法”是一种有系统地寻求知识的程序，涉及“问题的认知与表述”“观察与实验搜集证据”“假说的构成与测试”。简单地说就是一个科学理论要经过观察、解释、预测、确认、评估、发表的程序，才能从一个假设发展成原理。科幻小说的“理性思考”就是遵从客观规律、进行逻辑分析的思考方式。

《汤姆·斯威夫特》系列曾是国外流行的科普小说，书中很多的科幻内容今天都已经变成了现实，它曾影响了几代读者，它伴随了很多人的成长。现以中文出版此书，相信书中的情节与科学，也会给中国读者带来同样的快乐体验。

目录 MULU

“码”上冒险
和小睿一起
开启科幻世界
XIAO RUI
AI冒险搭档小睿老师
大冒险
揭秘现在
科普视频解答生活中的奇妙
探索未来
趣味动画揭秘世界运转奥秘
冒险小队
交流园地，聊聊你的冒险经历
我是你的
冒险搭档小睿
你可以问我
没有太阳，地球会怎么样？
外星人真的存在吗？

第一章 爬行动物恐慌

月球阴暗面，一个很深的火山口边。

巴德·巴克利大喊：“那是蛇，汤姆！看下面！月球蟒蛇！”

“不可能！”对讲机中传来小汤姆·斯威夫特的声音，“那座火山已经几百万年没活动了。”

小汤姆·斯威夫特是18岁的科学家。继续工作绘制这些怪异的山丘和山谷的地图。十五天以来，月球的阴影一直笼罩着这些山谷和山丘。

在月球较暗的一面，强壮的巴德·巴克利站在一个很深的火山口边上。“我可没有异想天开。”他坚持道，“真的有东西在下面爬呢！”

汤姆继续用微型示波器瞄准一座山，据报道那座山在黑暗期间会发出亮光。斯威夫特企业集团已经获得了这个信息。

巴德坚持道：“汤姆，这些东西上来了，我敢说是蛇！”

“好吧，我们脚下以前可能是海洋。”汤姆开玩笑地补充道，“也许它们是海蛇的鬼魂吧！”

“好啊，飞人，等着它们来咬你吧！”

突然，汤姆意识到巴德是认真的，他转过身，仔细打量条把他俩分开的裂隙。裂隙有9米宽，就像是轮子的辐条一样从火山口的墙体上伸展开来。

汤姆利用月球上重力小的优势，轻松地跳过裂隙。他落在巴德的旁边，站在布满火山渣的裂隙边缘，窥探着闪着神秘亮光的火山口深处。他看到下面有五颜六色的爬行动物在蠕动。

史前怪物有可能以某种方式在人类认为完全没有生命存在的世界存活吗?

在这些巨大的爬行动物向上爬时，汤姆说道：“无论它们是什么东西，我一定要把它们的活动录下来！”他环顾了一下四周。“哈里！”他对着对讲机大喊，“能听见吗？你在哪里？”

“机长，我在一块巨砾后面采集岩石样本呢。”飞船驾驶长哈里·威廉姆斯回答道。他身材瘦长、头发斑白、驾驶技术娴熟。

“把微型录像机拿过来！快点！”汤姆大喊道。

几秒钟后，哈里过来了，也向下看着这座死火山。

这时汤姆让他用电视摄影机和录音机结合而成的微型长焦距镜头拍摄这个画面。“好恐怖的毒蛇啊！”他害怕地喘着粗气说道，“我在太阳系的任何地方都没有见过像这样的东西。”

突然，汤姆大声喊道：“它们过来了！开火！”

他们三个迅速拿起手枪一样的武器，不停地喷射出能量。虽然他们都精准地击中了怪物的要害，但是这枪林弹雨并没有阻止怪物进攻。

就在汤姆和朋友们看似要失败的时候，天突然亮了。灿烂的阳光驱散了漫长的黑夜，照亮了月球的表面，也照亮了在他们前面的火山口。

汤姆吃惊地看着这一切。“它们不是蛇！”他大喊道，“看起来像是某种气体。”

他忽然意识到，这些扭动的气团之所以在黑暗中看起来五颜六色，是因为气团中的磷含量太高以至于它沿着岩石蛇行。

“伙计们，我们上当啦！”巴德边说边收起武器。

汤姆从他太空服的工具口袋里拿出一个金属长颈瓶，采集了气体的样本。尽管没有大气层，这些气体还是快速消失了。“这绝对是气体。”他边观察边说道，“但这和我们以前研究过的气体完全不一样。”

“别说没用的了。”巴德说道，“把样本拿回实验室吧。”

他看了看太阳，它就像地平线上的巨大火球。太阳不断升高，温度也从-156℃迅速升到121℃以上。他们的太空服是用一种特殊的隐形电磁场来散热的，这就防止了探险者们被活生生烤焦。

“巴德，尽管月球上的重力小，但是在低温下这种气体是不会逃走的。”汤姆透过抗辐射护目镜眯着眼睛说道，“它可能具有某种未知的性质——”

哈里·威廉姆斯打断了汤姆：“机长，在流星体把长颈瓶击成碎片之前，最好还是把它拿走吧。”

突然间，汤姆竟然飞进了太空！

巴德和哈里看着机长上升得越来越高，站在那里目瞪口呆。

“就快要看不到他了！”巴德对着对讲机大喊道，“如果我们不救他的话，他会在太空中迷失的！”

汤姆和他的朋友们一样惊慌失措，他向下看了看，视线中的火山口已经缩成咖啡杯大小了。

汤姆盯着手里的金属长颈瓶，它在太阳的直接照射下闪闪发光。难道瓶子里的气体和他莫名其妙的上升有关系?

汤姆凭直觉把长颈瓶移到阳光照不到的地方，很快就开始下降。几分钟后，他就回到了同伴的身边。巴德抓住了汤姆的一条腿，紧紧抱着。

“好了，我下来了。”汤姆说道。

巴德松开手，拍了拍汤姆的太空服：“怎么回事？”

“不知道怎么搞的，这种气体受热就会释放巨大的提升力，”汤姆解释道，“也许我们就要有一项重大发现了。我现

在就想分析一下这种气体。顺便说一下，在那座山上没有光，是这种气体造成的光学幻象，那些报道说的就是这种幻象。”

“你太让我们担心了。”在他们返回斯威夫特企业集团的星际飞船挑战者号时，哈里说道。

汤姆和巴德迅速脱掉太空服，匆匆赶到全自动化学设备实验室，这里配备了分析所有已知的元素和同位素的仪器。他们把气体导入到试管里，用伺服分析器进行分析。

汤姆对气体进行了定性和定量分析，然后摇了摇头。“这份报告看不出太多东西。”他承认道，“但有一件事是确定的，这种气体有巨大的提升力。”

“但我们确实发现了新的东西！”巴德兴奋地说，“鉴于我们以为那是蛇，我们就叫它蛇素吧。”

“这名字不错嘛，不过可以再短一点，叫蛇素。我去联系爸爸，他知道了一定会很激动的。”

男孩们把气体从伺服分析器中取出来，放进了一个低温容器中。

汤姆打开闭路电视，联系地面上的斯威夫特企业集团。巴德站在一旁，发现老汤姆·斯威夫特和他的儿子很像。他们两个都身材修长、思维敏锐、眼眶深邃。

在屏幕上看到，斯威夫特先生正在办公室和两个人开会，其中一个人说道：“……我们想让您设计目前最新、最现代化的高速铁路系统。”

说话的人是塞拉斯·曼盖特，他性格刚毅，是大西洋与太平洋地区铁路网络公司的总裁。这家公司一直都是家族企业。

“提皮特，还有其他事吗？”他转身问助手。

“还剩一个宇宙征服者公司的工程竞标申请。”

一听到这个公司的名字，小汤姆立刻大喊：“那是卡斯摩·金凯德的公司。”

“那个大骗子！”巴德厌恶地说，“为什么还有人想和这种人做生意呢？”

“因为对他的指控一直都没有得到证实。”汤姆提醒巴德说。

“但是他已经被怀疑了很多次了！”

“嗯，在竞争的时候我们要提防着他一点。无论如何，现在要告诉爸爸蛇素的事。”

汤姆按了一个电视信号传送器的按钮，激活了一张挂在会议室墙上他自己的照片。

照片中的眼睛眨了几下。

老汤姆注意到家里的秘密信号后，找借口离开，去了私人办公室，在那里打开了一个落地电视屏幕。

“儿子，什么事儿啊？”

汤姆打开了在火山口拍的录像。

斯威夫特先生看了非常吃惊：“看起来像动物园里的蛇屋，屋里还有烟火！”

“爸爸，这是一种反重力的新气体！”

“什么！”

突然，一道红光闪过传送器。有星际间谍在监控信号转播！

第二章 太空牛仔

间谍是谁呢？他有什么目的？关掉录像，切断信号后，这些令人困扰的问题一直萦绕在汤姆的脑海。

“你没准儿有个未知的对手，想阻止你返回地球，”巴德猜测道，“他有可能会发射导弹摧毁挑战者号的私人遥测发射系统。”

汤姆摸了摸下巴，陷入沉思。“是地球人，”他压低了声音，“还是地球外的什么人呢？”

“会不会是金凯德？”他的朋友问，“他可是比蛇素还要阴险狡诈。”

“说到蛇素，我们在回家之前最好多收集一些样本。”

“好。”巴德非常赞成，“不如我们乘斥力装置驴子吧，这样我们能少走很多路呢。”

年轻的发明家点了点头。他和巴德迅速穿上了太空服，拿起“驴子”——小型金属平台，靠汤姆发明的斥力射线提供能量的微型版本。它直接向下喷发能量光束，可以在使用时保持悬浮状态，方向盘是一个安装了二射线的万向环。

“哈里，你待在这儿准备启动飞船。”汤姆指挥道，“我和巴德一带回样本我们就出发。”

他们俩朝着裂隙出发，小驴子激起了一团团幽灵般的月尘。

在他们快到月球表面的一个深深的裂缝时，汤姆对着对讲机喊道：“在那儿！”

“收到！”巴德回复道，“咱们平行驶到那个大深沟去吧，争取一次性完成任务。”

巴德和汤姆向左调整路线。突然，巴德的平台开始疯狂地旋转。

“怎么回事儿？”汤姆大喊道。

“我——我也不知道啊！”对讲机传来回复，“我——我控制不了它啦！”

现在驴子开始剧烈地摇摆，接着加速驶向了锯齿状的月球山。

汤姆吓坏了！如果巴德撞在山上，他的太空服会被撕成碎片的！他几秒之内就可能丧命！

“快！”汤姆对着对讲机大叫着，“关掉斥力射线！”

“我关——关不了啊！”巴德回复道，“开关卡住了！”

汤姆疯狂地追赶着巴德，两个飞行平台之间的距离越来越近。这时，汤姆拿出了一卷尼龙绳，系在了太空服的腰带上，迅速制成一个套索，像个牛仔一样在头上挥舞着套索。

“坚持住啊！”汤姆恳切地说道，“我看能不能把你从驴子上拉下来！”这时巴德已经吓坏了。

年轻的科学家把套索扔向了同伴。它会及时套住巴德吗?然而，汤姆太匆忙了，没有考虑到月球上重力小，没有大气，结果套索远远地超过了巴德。

山不断靠近，汤姆的心提到了嗓子眼儿。他拉回套索，又试了一次。这一次，绳子套住了巴德的肩膀。

在那一刹那，汤姆逆转路线，向上飞行，尼龙绳就拉紧了。在飞行平台撞在山上那一瞬之前，巴德被拉了下来。

汤姆拉着巴德轻轻地落在地上，把“驴子”停在附近。

“哎哟！差点儿就撞上了。”巴德虚弱地说。

“你在这儿待着歇一会儿，”汤姆建议道，“我去检查一下你的飞行平台，看看为什么会出故障。”

汤姆回到了“驴子”上，驾驶着迅速上升。他找到了巴德毁坏的飞行平台，并做了仔细的检查。他发现万向环堵满了月尘，在他们拐弯朝着裂隙平行飞行时卡住了，这就导致了巴德的飞行平台猛冲失控。

汤姆回来后问巴德：“你还能去收集样本吗?”

“当然啦！”巴德答道。他挤到了汤姆的飞行平台上。由于超重，飞行平台勉勉强强地飞了起来。

他们到达裂隙后，汤姆打开了一个装着微型钻孔机的袋子。这个钻孔机本身就是一个激光束，即使在坚硬的花岗岩上也能钻个30厘米的洞。采样器置入洞中，取出了样本。

“也许月球不是绿色奶酪做成的。”汤姆用手指过滤出一些灰绿色的砾石，自己咯咯地笑道，“但是看起来很像哎！”

巴德什么也没有说，拿起采样器，开始在裂隙的墙体上钻另一个孔。

汤姆检查这块颗粒状的物质时，陷入了沉思。“这就是蛇素的原材料，”他最后说，“我觉得这种气体有α和β两种形态。”

“省省你的科学课吧，”巴德催促道，“如果我们不动作快点，气体就要消失了。”

他们赶忙继续工作。在他们完成时，巴德说道：“快点啊教授，赶起你的小毛驴，我们回飞船去吧。”

很快，他们就加速穿过了月球表面。

汤姆说：“这种气体的亚原子粒子有可能以极快的速度连续变换电荷。”

“你的意思是说它在正物质和反物质之间来回变换？”

“没错。”

巴德回过头看着那座把他的飞行平台撞毁的灰白色山壁，挥舞着手臂大声喊道：“老锯齿，我给你命名叫蛇素山！”

汤姆哈哈大笑。然后示意巴德去挑战者号的降落场。几分钟后，他们登上了飞船。

“一切正常，准备出发。”他俩进入船舱时哈里说道。

“我们用辅助火箭起飞，”汤姆说，“有紧急情况时再用斥力装置电池。”

挑战者号在耀眼的火焰柱上方从月球表面缓缓升起，随着不断攀升，火箭引擎被切断，动力装置开始把太阳能转化成电流，以供高级斥力装置运转。透过船舱的石英玻璃，可以看到色彩斑斓的地球越来越大。

“我应该及时回去，我和桑迪还有约会呢。”巴德微笑着说。他盼望着和活泼的桑德拉·斯威夫特见面，她是汤姆17岁的妹妹。

就在这时，飞船突然偏离航道，年轻的宇航员们在座位上不由自主地猛烈摇晃起来。

“导航系统出问题啦！”汤姆大喊道，同时狂乱地操作着面前的开关和驾驶杆。

“可能是蛇素在作怪。”巴德大喊着从座位上跳了起来，“我回去看一下。”

“我和你一起去！”亨利大喊道。

汤姆拼命地努力让飞船回归正轨。

一会儿，巴德回来了，说：“有气体泄漏了！钻进了导航系统的继电器里。”

“问题就出在这儿，”汤姆说，“设备箱里有加热灯，把它拿过来加热继电器外壳。我们也许能把里面的气体逼出来！”

巴德便回去加热继电器外壳。慢慢地，汤姆能够重新正常控制飞船了。

“恭喜啊教授，”巴德太疲惫了，他一边说着，一边挨着汤姆重重地坐在座位上，“加热灯就像有魔力一样。”

“很好！我们在O.I.S站一下，检查飞船。我们可不想在地球着陆时出任何问题。”

一会儿，他们在太空中看到12个闪闪发光的轮子，这是汤姆设计建造的载人轨道卫星空间站。它沿着顺时针轨道运行，距地球表面35405千米。

在空间站工作人员的帮助下，“挑战者”号降落了。宇航员们立刻检查飞船。检查完毕，汤姆的思绪又回到了蛇素上。

“这种气体的α形态似乎遇热会产生反重力，但是遇冷时反重力会消失。”汤姆嘟囔着，但多半是在自言自语。

“那就试试把它冷却了，”巴德打趣地说，“可能这样它就不会飞走了。”

“其实我是想液化一部分，”汤姆跟巴德说，“我去做点试验，你把这边搞定啊，有这么多人帮你呢。”

“好的，你去吧。”

哨站上有很多实验室，汤姆进入其中的一个。两个小时后他回来了，满脸笑容。

“成功了，巴德！我用超电压分离器分解了气体，用含有

99%的α形态和1%β形态的气体作为实验样本，发现在226℃的温度下，两种形态的气体都会液化。而且α形态的气体绝对有反重力特性，遇热时特性还会加强。”

“太棒了！”巴德惊叹道。

汤姆继续说：“如果能把它用做爸爸受命设计的铁路机车的新型超级燃料就太好了！”

他想象着设计出有史以来最快速、最安全、最豪华的火车，在白云缭绕的高空中尽情加速，毫无阻碍，完全不受大雪、滑坡或者突发性地震的影响。想到这些，他脸上不禁放光。

巴德说：“我希望金凯德不知道蛇素的事。”

“我们可不能有任何闪失。”接着，汤姆联系了斯威夫特企业集团的安保主任哈伦·艾姆斯，他一头黑发、身材修长。“我们要过去了，请你现在到费林岛，最大限度地保证我们的安全。”

“好的，机长！”他命令闲杂人等离开斯威夫特岛的火箭基地。工程师们派出飞行机器人保证此区域的安全。

费林岛映入眼帘，汤姆和巴德都很开心。下午阳光明媚，飞船单单靠太阳能驱动的斥力射线就能安全着陆。

“再次看到陆地可真好啊！”巴德大声说道，“我要做的第一件事——天哪！”

一个实验性火箭飞机以超音速速度冲进他们飞船的轨道。

汤姆疯狂驾驶着飞船来躲避导弹。但是他用力过猛，导致“挑战者”号径直飞向地球！

他们都盯着环境温度测量表。“要进入地球大气层啦！”汤姆大喊道，“来不及减速执行恒定跨导着陆了，必须建立标准返回轨道，要不然飞船会烧起来的！”

第三章 天际陷阱

汤姆开始拼命地转动方向盘，用力拍打着各种开关。挑战者号以每秒8千米多的速度直线下降，冲向地球。汤姆无计可施，只好打开了辅助火箭引擎。

“我们重新回到轨道上了！”巴德盯着航线显示器，松了一口气说道。

几秒钟后，挑战者号略转向快速深入大气层。

“看起来挺顺利！”汤姆说道，“准备着陆。”飞船安全降落到费林岛。

“谢天谢地你们都没事，”他们从飞船上下来时，辛普森医生说道，“我建议你们都到医务室来。”

“好的，”汤姆说，“我把这个长颈瓶冷藏，找人严密看守好就去。”

辛普森医生看起来困惑不已，但也没有说什么。汤姆走进岛上的实验室，把从月球上带回来的气体放在一个锁定超循环器里，然后也去了医务室，其他人已经在那了。

辛普森医生给他们做了检查和几项测试后，汤姆和巴德带着蛇素样本准备返回肖普顿的基地。45分钟经过缓速飞行，隐约能看到散落在方圆10平方千米的斯威夫特企业集团的各种实验站。

“还是回家好啊。”汤姆嘟囔道。

迎接汤姆的是个有点矮的胖子，只见他飞奔过混凝土基座，就像那双高跟牛仔靴带着他过来一样。

“乔，见到你真高兴！”

“尝尝我的正宗牛肉汁吧，见到你太好了，老板！”乔斯·温克勒握着汤姆的手，气喘吁吁地说道。他以前是流动炊事车的厨师，现在是斯威夫特公司的私人厨师。他沧桑的脸像身上穿的花衬衫似的洋溢着兴奋。

“嘿，哥们儿，你知道吗，我参加了‘辨别物种’大赛。才知道我得了一等奖哟！”

“这么好！”巴德说道。

汤姆现在满脑子里都是月球气体。但是他不想扫了这个德州矮胖佬的兴。有一次汤姆和他爸爸因为建立原子核实验中心去西南部考察，他们就是那时遇到乔的。

“说到牛啊，可难不住我嘞！我在1千米开外就能辨别出来——长角牛，短角牛——”

“还有绿角牛呢？”巴德戏弄他说。

“别打岔，飞仔！我可是闭着眼都能说对！”

汤姆的爸爸过来问候大家，祝贺他们安全着陆。

斯威夫特先生严肃地说：“毫无疑问，那个差点儿让你们坠毁的飞机是个机器人模型。还有，它注册在宇宙征服者旗下。”

“爸爸，你确定吗？”

“不会错的，我是和斯莱特一起查出来的。”斯莱特警长是肖普顿警察局的负责人，也是斯威夫特一家的老朋友。

“让我们去看看金凯德怎么说。”

“我就是这个意思，儿子。”

汤姆让巴德把装着蛇素的容器放到行政楼的地下室。他和爸爸去了主楼一个双人大办公室。在那儿，汤姆告诉了斯威夫特先生月球气体的事。

“太不可思议了！”他爸爸说，“它能帮我们解决很多问题，对于人类来说着实很有帮助啊。”

汤姆告诉他说：“明天我想做进一步实验。但是现在还是先处理金凯德的事，怎样？我们开车过去吧。”

15分钟后，汤姆时髦的银色跑车停在了戒备森严的宇宙征服者外面。在小镇边缘的荒凉之地，这些建筑物透露出一丝冷酷。

门卫随他俩穿过一道道栅栏门，每过一道，就听见“咣当”一声门在身后关上。

汤姆悄悄地说：“这里好像监狱啊！”

“金凯德就该去监狱！”斯威夫特先生用几乎听不见的声音回复道，因为他们马上就要进入主人的办公室了。

卡斯摩·金凯德身材笨重，45岁左右，但是看起来比实际年龄大很多。他从不掩饰他通过打压对手坐到了现在的位置。他的眼睛和头发像煤炭一样黑，直勾勾地盯着斯威夫特父子的眼眸。

他的举止粗鲁，完全没有礼貌：“好吧，你们想干吗？”他甚至都没有给客人搬把椅子。

“我儿子和他的机组人员差点被你的机器人飞机害死了，金凯德先生。”斯威夫特先生生气地说。

“我不知道你在说什么。”

“那一定是你手下的人干的。”汤姆以一种尊重而又坚定的口吻说道。

“如果是这样的话，那就是意外喽。”金凯德翻阅着桌子上的文件，意思是让他们离开。

这时，旁边办公室的门慢慢地开了，好像很迟疑。金凯德抬起头不耐烦地说：“什么事儿啊，里特？”

里特·金凯德今年18岁，和他爸爸一点都不一样。他身材修长、脸庞细腻、有着一双浅褐色的眼睛和一头褐色卷发。

“关于单行轨道，我觉得——”里特刚开始说，就注意到了斯威夫特父子还站在办公室的另一边，“抱歉，爸爸，我不知道这来客人了。”

“我也不知道他们还没走。”金凯德继续埋头看桌上的文件，“带斯威夫特父子出去吧，里特。”

里特打开门，说道：“原来你们就是著名的科学家父子啊！”里特的语气中透露出一丝妒忌。

“那我们应该是竞争对手了。”汤姆大笑着说，“至少在铁路方面是吧。”

“不用担心，我们肯定会把你们打得落花流水的。”现在里特没有刚看到他们时的拘束了。他又说：“我们会用新技术打败你们，我打赌就算是你们也绝对想不到！”

“够了，里特！”他爸爸厉声呵斥，“回去工作。”他按了一个桌子上的按钮，一个矮胖圆脸的人魔法般地出现了。“特利，带他们出去吧！”

当他们回到工厂时，艾姆斯正在等他们。“我已经追踪到星际监视器在乞力马扎罗附近的山区——”

汤姆很惊讶。“那是非洲的最高点啊！为什么会有人为了窥探点信息去那么远呢？”

“也许是咱们的老对手C国人干的，”他爸爸推测道，“他们为达到目的会不择手段。”

这让汤姆很担心。如果他的老对手们知道了蛇素，就必须争分夺秒了！“我必须去设计反重力发动机了。晚饭时候见，爸爸。”

汤姆急匆匆地回到私人实验室，他看到巴德正在那儿画奇形怪状的火车和轨道的概念图。汤姆咧嘴笑着。巴德说："我刚来了次头脑风暴，用电磁铁坐火车的动力怎么样，机长？"

"这个主意不错。"汤姆说，"但是我更喜欢用最新的东西，肯定有办法把蛇素用作推动力，只是还不知道怎么做。现在我要去研究研究了。"

"要抓紧时间了。"巴德建议道，"记住！我们不知道现在金凯德的项目进展得怎么样了。"

"答案一定在气体的反重力性质里。"汤姆喃喃自语道，"肯定有办法利用蛇素的负重力和地球的正重力。也许——"

"好了，交给你了啊。"巴德打断了他，"我要和你妹妹约会去了。"

汤姆的思绪回了过来："我和菲利斯也去。"

巴德的车载着两对情侣停在了肖普顿游艇俱乐部，但汤姆的心思还在蛇素上。他先跳下车，扶着菲利斯下车，然后是他的妹妹桑迪，桑迪比汤姆小一岁。

"当然了，菲利斯，"他们四个进入俱乐部时汤姆说道，"我们得控制 α 形态——"

"然后开始反重力？"菲利斯·牛顿很喜欢调侃汤姆。她很漂亮，一头黑发。她的爸爸奈德·牛顿是斯威夫特工程公司的经理，负责制造斯威夫特父子的发明。

菲利斯和汤姆坐了下来，她耐心地听着汤姆的理论。最后桑迪和巴德在长椅旁停了下来。菲利斯问道："你们俩打算在这儿坐一晚上，还是去跳舞呢？”

巴德说：“是啊，那条气体蛇现在可变得讨人嫌了！”

两对情侣手拉手进入舞池。里特·金凯德竟然站在门口！

“嗨，你好！”汤姆叫道，“这位是我妹妹桑迪，这位是菲利斯·牛顿。女孩们，这位是里特·金凯德……里特，这位是巴德·巴克利。”现在大家都彼此认识了。

“我能有幸请你跳一支舞吗？”里特微微地弯下身子问桑迪。

巴德还没来得及反对，桑迪就回答说：“可以。”

里特说：“抱歉啊老兄，祝你下次好运啊。”他在巴德面前做了一个摘帽的动作，尖声说道。

巴德气得牙痒痒：“先是老金凯德阻挠我们签铁路合同，现在小金凯德又来干扰我和桑迪！”

汤姆的妹妹被里特温文儒雅又有复古气息的举止深深吸引。里特的手臂环抱过她时，“一点都不像巴德那么鲁莽！”她想道。

菲利斯和汤姆也去跳舞了，就剩巴德孤零零一个人。桑迪很快就有点可怜他了。可怜的巴德！虽然他有点鲁莽，但是桑迪无论如何也不会想改变他一丝一毫。可她怎样才能不冒犯里特，又回到巴德身边呢？

就在这时，桑迪突然看见了多迪·艾姆斯，机会来了。多迪·艾姆斯是斯威夫特家安保主任的女儿，有一头橙红色的头发。“稀客呀，都好久不见你了，在寄宿学校怎么样啊？”

“太糟糕了，连男生都没有。”多迪不屑地扬起了鼻子。

“你现在就可以补偿一下啦，来，这位是里特·金凯德。”

片刻之后，两个人就一起跳舞了。桑迪便回去找巴德。

里特的眼睛扫过多迪的肩膀时，惊慌地说：“啊，我的保镖马塔伯特来了！”

马塔伯特高大帅气，表情庄重。丝绸头巾映衬出黝黑的皮肤，增加了他的神秘感。“走吧，里特少爷，你爸爸要见你。”

“我刚过来，还不想走呢！”里特反驳道，“我爸爸才不会这么快让我回去呢。”

“我说了‘回去’！”这个人像猎豹一样动作敏捷、强劲有力，试图强行把反抗的里特从舞池带走。

里特努力推开马塔伯特庞大的身躯，但是他有力的大手已经抓住了里特的肩膀。这时巴德冲过去帮忙，马塔伯特被巴德绊倒了，趴在地上。

“快，这边！”巴德把这位年轻人推进了旁边的一个门，接着把桑迪也推了进去。

“谢——谢谢你。”里特结结巴巴地说，“但是你为什么要帮我呢？”

“我不喜欢看别人受欺负，就算是你也一样！”巴德绷着脸说道。

汤姆和菲利斯也跟了过来。汤姆笑嘻嘻建议道："来试试我的新运动飞机吧！"

他们去了企业集团的私人飞机场，驾驶着飞机上升。

里特特别兴奋地说："这是我第一次战胜马塔伯特！"

其他人还没来得及回答，广播里传来怒吼："我知道你在哪儿，里特！离斯威夫特那群家伙远一点儿！别忘了狮掌！"

里特吓得脸色惨白。"是我爸爸！请让我在卡斯摩机场下去吧！"

汤姆很疑惑，但还是按照里特的要求做了。在他们起飞的时候，多迪跟里特挥手告别。几秒钟后，飞机雷达发出警告——正前方有危险。

"快看！"菲利斯大叫道。

在跑道尽头，一张几乎看不到的钢丝网在他们前面升起！

第四章 飞天煎饼

这道屏障像一张巨大的蜘蛛网一样伸展开来！

“我们肯定上不去了！”巴德大声地说。

汤姆的飞机上配备了垂直喷流发动机，能够在极短的距离内起飞或降落。汤姆打开了控制喷流组件的按钮。

“都系牢了，可能会很摇晃！”汤姆大声说。

汤姆按下按钮，一瞬间，他们都被一股让人窒息的力量紧紧地塞在椅子上。飞机刚好脱离了屏障。

巴德注视着窗外，擦了擦额头上的汗，不安地说道：“只要这飞机再多一层漆饰，我们都没法脱身了。”

女孩儿们都吓得好几分钟说不出话来。

“哦，汤姆，是你救了我们！”多迪和菲利斯说。

“今晚就到此为止吧。”桑迪祈求道。

接着，大家都各自回家了。汤姆要上楼睡觉的时候，对他的爸爸说：“您觉得里特也是我们的敌人吗？他看起来不像坏人啊！”

“不要被表象蒙蔽了，”斯威夫特先生提醒道，“也许里特就是今晚精心设计的陷阱的诱饵。”

“你也许是对的，爸爸。”汤姆说，“至少，他可能是帮他爸爸监视我们。”

“我希望你们都错了，”桑迪加入了谈话，“虽然我们和里特第一次见面，但是凭我的直觉他是一个诚实的人。”

“一样的，我也想提醒多迪，如果里特再想和她见面，要提高警惕。”斯威夫特先生提醒道，“金凯德父子可能想从多迪身上找突破口。”

经过一夜充分的休息，汤姆和巴德一大早就来到了实验室。巴德带来了蛇素的样本。除了忠实可靠的乔，没有其他人在这里工作。实验室旁边的厨房里传来乔爽朗的笑声。

“日出之前就到这。”矮矮胖胖的厨师跟他们打招呼，“我有预感，你们将会吃一顿大餐！”

“谢谢！”巴德吸着鼻子表示赞赏，“什么东西这么香啊？”

“是大煎饼，和车轮一样大呢！”

“太棒了。”汤姆说道，“但得给我们个机会来开胃啊！”

汤姆走向工作台，上面挤满了试管、曲颈瓶，以及一系列其他的研究设备。汤姆把可转换的蛇素样本放进了金属长颈瓶里，其余的部分放在了超循环器中。

“你知道怎么利用这个东西了吗？”巴德问道。

“知道了。首先利用气体的反重力性质，让大西洋和太平洋的单轨火车悬浮在轨道之上，你能明白我的意思吗？”

“明白啊，然后呢？”巴德接着问。

“接下来就比较困难了。我要设计一个能把蛇素的负重力和地球的正重力转化成动力的发动机，为火车运行提供动力。”

“我搞不懂了，”巴德说道，“你能用简单点儿的术语告诉我这个发动机怎么运行吗？”

“我还没有完全想明白呢。”汤姆承认道，“但是在发动机里会有个特殊的容器装蛇素，而且我们可以在极大范围内调控它的温度。如此一来，我们就能控制它产生的反动力能量的多少。”

“但是蛇素不会把火车带走吗？它可能会突然上升，带着一群乘客穿越平流层。”

汤姆笑了，解释说：“我就是要用蛇素的提升力作推动力。换句话说，气体遇热产生反重力时，会抵消地球的重力牵引，这样汽车就变得没有重量了。如果气体进一步受热，那么反重力因素将增加。通常来说，这样车厢会上升，但是轨道会把它固定住。”

“我还是不明白。”巴德承认说。

“简单说吧，”汤姆说，“我会在一个小容器里，试着把

蛇素产生的额外提升力转化为向前推动力。”

巴德叹了口气：“我听得头都大了。那你怎么在地球上测试蛇素的提升力呢？”

就在这时，厨房里传来乔跑调但又雄浑的男中音：“孤星之州，孤星之州，那里的男人最勇敢，那里的女人最美艳！”

汤姆和巴德四目相视，两个人想到一起了。“用煎饼！”他俩同时说道，“让我们做一个小飞盘吧！”

“嘘！”巴德把手指放在嘴唇上，“小声点！”

汤姆拿起装着气体的长颈瓶，藏在了背后。他们蹑手蹑脚地穿过走廊，看着背对着他们的乔。

“我分散他的注意力，”巴德小声说，“你在煎饼面糊里放一点蛇素！”接着，巴德若无其事地走到乔面前，说：“嘿，老前辈，早餐什么时候做好啊？”

“有点儿耐心！如果你们这些淘气鬼不走的话，我永远也做不好！”乔不喜欢任何人来他的厨房里，他疑惑地看看周围，“我的面糊去哪儿了？”

汤姆把碗给了他：“乔，给你。”

厨师把几匙看似毫无异样的面糊放进了煎饼锅。汤姆和巴德急切地看着煎饼成形。但是什么也没有发生，汤姆觉得很失望。

乔拿起抹刀，想把煎饼翻过来。但是还没等乔碰到它们，煎饼就飞到空中！

“我被耍了！”乔一边大叫一边拍打着他光秃秃头上的宽边高顶帽，“活见鬼——”

要不是巴德扶住了他，他就向后摔倒了。现在煎饼们都在屋子里疯狂地旋转着，接着飞出窗外，消失在了空中。

“我们不是总说你在炉子旁边就会有魔法嘛。”巴德努力地安慰惊慌失措的厨师，他像个果冻一样颤抖着，“这就证明你在这个范围内就是个魔法师！”

“至少在厨房范围内！”乔眼前一亮，完全忘记了对刚才煎饼狂魔乱舞的恐惧。

“还有谁能做会飞的煎饼呢？”汤姆问道。汤姆本打算揭开这个谜底，但看到乔这么高兴便放弃了。“你可以再烤一炉啊！”

“但是这次确保它们走正确路线。”巴德指着自己张开的嘴巴说，“来这里，我都要饿死了！”

过了一段时间乔才平静下来，给他俩做出非反重力的煎饼。他一直滔滔不绝而且每过几分钟都会提到他做出飞天煎饼的事。

“我的煎饼该被写进哪本太空杂志里才对。”他说道。

“当然了，”巴德很是赞成，“这可是自马车发明以来最伟大的科学创新了。”

“也许，”乔说道，“等我赢得了辨别物种大赛后，我就可以登上报纸了，上边会有我拿着奖杯和一个飞天煎饼锅的照片。”

厨师回到厨房后，汤姆打开收音机，正好在广播当地新闻：“成百上千的肖普顿及邻州居民坚称他们看到了‘飞天煎饼’，从外形上看，与之前看到的不明飞行物相似。现在播报天气预报——”

乔听到这个消息后，急匆匆地冲进来。欢呼雀跃着，像一个胖子在跳弹簧高跷：“看看我的魔法平底锅，用它才能做出飞天煎饼！”

乔的欣喜把他俩逗得哈哈大笑。他俩也为研究蛇素的实验成功而高兴。

“成功了！”他俩高兴地悄悄说。

“我也不想打扰你们，”斯威夫特先生站在门口说，“秘书说曼盖特办公室打来电话。儿子，我想让你跟我一起去接电话。”

汤姆随着爸爸走进了实验室旁边的一个私人办公室。“我是斯威夫特。”他爸爸接起电话说。

“请稍等。”接电话的是大亨的助理提皮特。他们等了一会儿。

然后，电话里传来铁路总裁粗鲁而愠怒的声音：“在新型铁路工程上浪费时间毫无意义，斯威夫特。工程我已经叫停了，你知道就行了。”

“为什么？”父子俩都震惊了。

“看看报纸你就知道了。”他砰的一声挂了电话。

这时，桑迪在家。她在传送器前面拿着一张报纸，是《肖普顿晚报》的头版。

黑体大号字的标题给人一种危机感：“斯威夫特企业集团濒临破产”。

第五章 德拉姆·霍克任务

汤姆关掉电视，眼睛里充满了愤怒。

“有人在散播谣言打击我们！”他轻轻地碰了下爸爸的胳膊，“现在只有我们两个人。您资金没有问题吧，爸爸？要是我能帮上任何忙的话——”

“谢谢你，儿子。现在我们的资金状况非常乐观。我觉得我们应该去肖普顿《肖普顿晚报》办公室查个究竟。”

“我真想狠狠地揍帕金斯一顿！”汤姆生气中提到的人就是《肖普顿晚报》的编辑。

他们走进帕金斯杂乱的办公室时，帕金森正在飞快地翻阅预约表。

“无事不登三宝殿啊。”帕金斯露出一副老奸巨猾的嘴脸，“我的报道可是有可靠来源的。”

“可靠！”汤姆愤怒地说，“明明是撒谎，你怎么还能这么说？”

“冷静点，汤姆。任何人都可能犯错误。”斯威夫特先生提醒汤姆说。

他微笑地对编辑说：“帕金斯先生，我知道新闻记者从不透漏消息来源，但是，今天这种情况——”

“告诉你也无妨，是哈里森·克鲁克尚克。”

汤姆听了这个名字肺都要气炸了。哈里森·克鲁克尚克是自由银行和信托公司的董事，也是金凯德的好朋友。

“但是他——”他刚要说就看到了爸爸用敏锐的眼睛使眼色提醒了他一下，因为斯威夫特家没有用他的银行，所以他一直对斯威夫特一家怀恨在心。“那你为什么不跟我们核实一下？”汤姆平静地问。

“我也尝试过了，”帕金斯看上去很无奈，“但是联系不上你们任何人。明天我就在报纸上发布撤销通知，我们就两清了。”

汤姆和爸爸焦急地等待第二天的报纸。第二天，电话声、电报声响个不停。都是焦虑不安的顾客打来的。有的公司取消了合同，有的公司则以各种借口迟迟不肯签约。但是他们的真正理由显而易见。

“他们可能觉得无风不起浪吧。”汤姆说道，“但是应该给我们更多的信任！”

“给他们点时间。”汤姆的爸爸更有耐心。他在事业生涯中经历了很多风雨，每一次都能化险为夷。

第二天的报纸出来，撤销通知却让人很失望。虽然表达了歉意，但是歉意微乎其微，而且还在第11版的最下面。然而，这篇含糊其辞的文章却足以让铁路巨头打电话过来。虽然曼盖特是个强硬的商人，但是也很正直。

“昨天有点太草率了，斯威夫特。”电话那头传来曼盖特断断续续的声音，“如果你感兴趣的话，我很乐意在初步基础上继续合作。”

“不管发生过什么，曼盖特先生，”汤姆的爸爸平静地回答，“我们知道我们能给你想要的。”

“宇宙征服者也是这么说的，再见。”

对话就这样唐突地结束了，正如唐突地开始一样。

半个小时以后，巴德走进办公室，看到汤姆趴在地上。“你究竟在干什么？”

他的朋友正在一大堆地形图上爬来爬去，地图上很多郊区的微小区域都做上了标记。

“又被我抓到绘制地图了啊？”巴德打趣地说。

汤姆笑了笑。“我在查看轨道可通行的地区呢，”他边说边用红色蜡笔标记路线，“我得了解哪里有弯道，哪里有山丘。”

“你为火车想好名字了没有啊？”巴德问道。

“想好了，但可能听起来有点自我主义。你觉得莫诺·斯威夫特怎么样？喜欢吗？”

“听起来不错嘛，就叫这个名字吧。”

汤姆又继续查看地图。“这里可有上千万千米的轨道啊！”他说道。

“但我们不可能把它们全都看完！”巴德反驳道。

“不，能看完！用三轮飞机就行！”汤姆回答说，“如果需要勘察地形的话，它可以像直升机一样在空中盘旋。别忘了它还是一辆陆路车。”

这架飞行器是汤姆设计的。两个后轮有机械动力系统，着陆前轮可以控制方向。所以它可以像汽车一样在陆地上行驶。

巴德说：“有了三轮飞机，我们查看地图就更方便了。”

这架飞行器配有先进的自动导航仪，它能自动发射雷达信号探测前方的障碍物，而且还能自动绘制等高线以及其他地理特征。

他们对斯威夫特先生说了计划后，就装好食物和露营装备，登上了三轮飞机。这架先进的飞行器不仅具有轿车的功能，里面看起来也很像轿车。宽敞的机舱里有前后两排座位。巴德调整驾驶座时说道：“回到德拉姆·霍克真好啊！”

德拉姆·霍克是汤姆给这架飞行器取的名字。它由两个汽缸提供提升力，有一个超音速发动机提供能量，带动气缸高速运转。

“我保证不会对你指手画脚。”汤姆边说边坐在后座上，拿出一套测绘仪器。

在离肖普顿不远的位置，汤姆做了个标记，然后飞机沿着轨道像蜻蜓一样向西飞去。自动绘图装置运转良好。飞机一直沿着航线飞行，直到太阳落山。

暮色越来越深，天气也越来越冷。他们在中西部的小镇克劳福特郊区安营过夜。

很快巴德就把火生得很旺，他把热巧克力倒进马克杯里，然后又给汤姆倒了热气腾腾的一杯。巴德指着远处沉浸在夜色中的房子说："这个地方的人休息得很早啊。"

两位旅行者打开了几罐食物，酣畅淋漓地吃了一顿后，便爬进睡袋，很快就进入了梦乡。

汤姆把巴德叫醒时，东边黎明的天空已经泛起了淡粉色。两个人都从睡袋里面爬了出来，用冷水洗了洗脸，迅速地穿上了衣服。

他们早餐吃了培根和鸡蛋，然后又登上了德拉姆·霍克，继续他们的轨道空中调查之旅。

汤姆在他觉得对项目有用的地方做了标记，然后看了看手表。

"我们已经走得够远了，"他说，"转向原路返回吧。我还能再核对一遍信息。"

巴德驾驶着飞机进入返回航线。现在他们在高空中沿着与轨道平行的路线飞行。

差不多过去了一个小时，突然机舱在巨大的爆炸声中猛烈摇晃。

“什么声音？”汤姆大声喊道。

“听起来像是炸弹！”

飞机开始剧烈地摇晃。

“我们正在向左边倾斜！”巴德大叫，“我控制不了了！”

汤姆跳进了巴德旁边的座位上，紧握开启双重控制。他们两个一起努力让德拉姆·霍克恢复正常。

“左翼已经失去上升动力了！”汤姆推断道。

汤姆疯狂地拉回控制右翼起重卷筒旋转速度的节气门操纵杆。渐渐地飞机开始自己恢复正常。

下一瞬间，飞机重重地砸在了地上，向前滑行了一段距离后停了下来。

“呦！”巴德喘着气说，“幸亏我们飞得不太高，不然我们就真把德拉姆·霍克滚成球了。”

汤姆从飞机上跳下来，快速地检查了飞机。

“问题出在这儿了！”他对他的朋友喊道。“一颗炸弹彻底穿透了左翼的起重卷筒，看起来像是穿甲型炸弹！”

“但是这不可能啊！”巴德说完从机舱里跳出来自己过来确认，他很疑惑，“它是从哪里来的呢？”

“炸弹是从我们的正下方打过来的。”汤姆边检查着那个洞边回答。

“但是通常这种炸弹在接触时都会爆炸啊。”

“很幸运，打中我们的一定是个哑弹。”

“真是雪上加霜！”巴德生气地说，“我们麻烦已经够多的了，这些傻瓜还想把我们从天上打下来！”

汤姆皱着眉头说：“我觉得这是有人故意袭击。”

“如果是金凯德在背后指使，我一点都不吃惊。”巴德厉声说道。

“也许是吧。从现在开始我们要提高警惕了。”

巴德看了看四周，说：“要是我们被监视就危险了。”

他们决定勘察一下四周，结果在不远处发现了一组轮胎印。

“这一定是小型卡车留下来的。”巴德说。

他们再往远处勘察也没有发现什么。

“天快黑了。”汤姆说，“我们最好回去修补左翼起重卷筒上的洞，就是那个洞害得德拉姆·霍克失控摇晃的。”

他和巴德回到飞机，拿出应急工具箱，开始修理飞机。等他们修好，天已经黑了。

“咱们把睡袋拿出来，晚上好好睡一觉吧。明天早上我们就回去。”

巴德打着哈欠，汤姆拉上了睡袋。就在这时，连接基地的无线电里传来哈伦·艾姆斯的声音。

“汤姆，能听见吗？”

“能。”

“快点回来！多迪她——”无线电信号断了。

第六章 神秘失踪

“多迪怎么啦？”汤姆调到了另外一个频道，“我来试试跟家里联系。”

“喂。”斯威夫特家的私人无线电频道里传来桑迪的声音。

“哈伦·艾姆斯刚才联系我了。”汤姆告诉她说，“但是中间信号断了。他提到了多迪——”

“她失踪了！”桑迪强忍着泪水说，“多迪接了个电话，就去汉姆普蒂见里特了。汉姆普蒂是——”

“哪儿？”汤姆问道。

“汉姆普蒂是一家新开的快餐店，很多年轻人都去那里。但是她根本就没能到那！”桑迪哭着说，“汤姆，我们都很担心她，你快想想办法吧！”

“冷静点儿，”她的哥哥恳请道，“她爸爸都提醒过她不要和里特走得太近，怎么还去见他了？”

桑迪啜泣着说：“多迪坚信里特不是坏人，就偷偷溜出去了，除了我没有告诉任何人，就是这样。她打电话告诉我的。”

“那里特怎么说？”

“他说他从没有给多迪打过电话！”

“告诉爸爸我们马上回家。”汤姆关掉了无线电。他转向巴德，看到巴德已经开始把露营装备装回飞机了。“看来多迪是被绑架了！”

巴德熄灭了火，表情严肃：“我打赌一定是金凯德在背后指使！因为哈伦是斯威夫特的安保主任，或许他计划向哈伦施压！”

汤姆听完皱起了眉头：“你是说这样金凯德就可以利用多迪交换我们的秘密。”

“我一定不会放过这个阴险小人的！”巴德恶狠狠地说。

他们登上三轮飞机，很快飞回了肖普顿。汤姆急匆匆地去见哈伦·艾姆斯。尽管很晚了，他仍然在办公室。“我怀疑我的无线电出现故障和我女儿的失踪有关系。”他说道。

虽然哈伦非常担心多迪，但是还是十分专业地完成了自己的本职工作。他已经联系了斯莱特警长，警长在全州范围内发布了警报。黎明时分，他调动斯威夫特企业集团的所有资源进行搜寻。一群喷气直升机对这片区域进行了地毯式搜索。

时间一点一点过去了，依然没有多迪的消息。公司暂停了她爸爸的一切工作。但是斯威夫特先生觉得其他人应该针对雷蒙德和宇宙征服者开一个重要会议，并让汤姆在会议上发言。

会议由奈德·牛顿叔叔主持。所有人都围着会议室的长桌坐着，表情很严肃。

“先生们，”奈德·牛顿开始说，“现在最重要的是我们应该保持冷静。”

就在这时门开了，乔愉快地哼着小曲儿走了进来。他还不知道多迪失踪的事。在他给大家端咖啡和小甜甜圈时，奈德·牛顿开始总结当前的形势。

“如果我们的比赛——”

“说到比赛啊，”乔打断了他，“我赢了！”

“嗯，很棒，乔，”汤姆说道，“我们待会儿再说。”

但是乔却滔滔不绝了：“汤姆，我说什么来着，名字我都能说对，闭着眼睛我也能说出了。就像张飞吃豆芽——小菜一碟！”

这时乔的自豪感爆棚，他指着系在肥胖腰间的那条腰带，上面散布着亮亮的铜星，“一等奖！”他迈着轻快的舞步出去了。

奈德·牛顿叔叔很快结束了讲话，然后让汤姆发言。汤姆把蛇素的发现以及它有提升力的事告诉了大家。

“我希望能把它应用到火车工程上。但是我很担心，我们的对手也许已经发现月球气体的事了。”

他坐下后，奈德·牛顿站了起来：“如果宇宙征服者有了蛇素，那他们是从哪里得到的呢？”

“也许他们先窃取了我给爸爸发的星际信息，”汤姆说，“然后派人去了月球。”

他们检查了企业集团的监视器记录，发现月球上有异样活动，涉及两股外国势力。然而调查却显示，那两支探险队并没有去月球较暗的一面。

汤姆对此深感不满：“你们知道我不信任C国人。咱们再来检查一遍。”

监控记录在电脑上快速闪过，几分钟以后，汤姆对着他面前的穿孔卡皱起眉头：“卡斯摩·金凯德的设备连接了C国人的设备。这其中的隐情可能比月球气体还复杂！”

“也许金凯德想要窃取蛇素卖给C国人！”巴德生气地拍着桌子说。

“这个卑鄙的骗子，还是个叛徒！”汤姆补充说，“另一方面，C国人可能会收钱，帮他们得到蛇素。”

奈德叔叔开口了：“金凯德和C国人确实是一丘之貉，但是我倒觉得他们不大可能合作。”

斯威夫特先生点了点头：“这只会让情况更糟糕。有人质在他们手里危险得很啊。”

“但我们现在不能再讨论这些事情了。”他说，“现在我们赶紧寻找多迪吧。如果明天还找不到的话，我们对外公布，若有人提供关于她下落的信息，酬金10万元。但是斯莱特警长觉得我们今天应该对媒体保密——”

“尤其是帕金斯的报纸！”汤姆对上次关于斯威夫特家的报道还心有余悸。

“如果她是被绑架了，”他爸爸继续说道，“我们就不能打草惊蛇。至少在他们可能和艾姆斯联系之前，我们要装作一切都风平浪静。”

那天晚上，只有汤姆和妹妹在家。桑迪心神不宁地在客厅里面踱来踱去。还是没有多迪·艾姆斯的消息。“她会在哪儿呢？”桑迪问道。

汤姆同样也很不安。他没法集中精力研制蛇素的动力引擎。他把双手深深地插进口袋里，在客厅里徘徊，走到窗边，向着漆黑的院子望去。

“她就这样凭空消失了！”他绝望地自言自语道，“要是我能做点什么就好了！”

“你为什么不直接去警察局？看看能不能帮哈伦和斯莱特警长什么忙。”桑迪建议道。

“巴德在那儿呢，”汤姆回答说，“爸爸认为得有人待在这里，以防歹徒不愿直接联系艾姆斯一家而联系我们。”

“好吧，那我在这里就行了。”桑迪继续坚持。

“我知道，但是我不会让你单独一个人面对歹徒的。”

桑迪说：“我在想如果不是里特，那会是谁给多迪打的电话呢？”

“或许他就是打电话了，但是对我们撒谎。”汤姆说完已经走到电话面前，“我给斯莱特打个电话看看有没有什么进展。”

“但是里特看起来挺喜欢多迪的呀，”桑迪反驳道，“为什么要伤害她呢？”

“也许是他爸爸逼迫——”

汤姆被刺耳的警报器声打断了。这说明有人闯入了斯威夫特地盘的安全电磁场！电磁场就是用来保护斯威夫特一家免受侵犯的。那个人就在后院。

桑迪打开门外的灯，汤姆迅速冲进院子里，急匆匆地向栅栏走去。因为在那里有个人影试图躲到大树后面。走近以后，他看到了一个年轻人，抓住了那个人外套的领子。

“里特·金凯德！你在这儿干什么？”汤姆吃惊地问道。他紧紧地抓着这个受惊的年轻人，面色阴沉。

里特的额头上沁出了汗水。“我想告诉你……”他像树叶一样颤抖着。

“我怎么知道这次你没有耍花招？”汤姆厉声说道。

“请你相信我！”里特恳求道。

“为什么要相信你？你只会给我们带来麻烦！”

这时桑迪跑了过来。“里特！”她喘息道，“多迪怎样了？”

“这就是我为什么来找你！”他紧张地环顾四周，小声地说。“多迪她——”他停顿了一下，“我们能不能进屋子里说？”

进屋后，里特用近乎正常的语气说：“多迪没事，她——”他又一次停顿了。

“快说呀！”桑迪恳求道。

里特压低了声音说：“绑架她是为了分散你们的注意力，好妨碍你们工作。”

“告诉我们多迪在哪儿就行！”桑迪乞求道。

“她在——”里特刚一开口，就晕过去了。

第七章 发明被盗

“里特没有知觉了！”汤姆对桑迪说。

当她俯下身查看躺在地毯上的里特时，警报器再一次响起来。汤姆猛地打开前门，马塔伯特高大的身影出现在他面前。

“如果你要找——”

马塔伯特发现里特躺在地上，一把推开汤姆，抱起了不省人事的男孩。

里特的眼睛睁开了，呻吟一会儿。“狮掌——”他自语着，然后声音变弱，又陷入了昏迷。

“你要带他去哪儿？”桑迪质问道。

“我带他回家。”马塔伯特回答。他急匆匆地把里特带出去，进了一个停在街边的卡车里。转眼间，就不见了。

“里特怎么啦？”桑迪问道，“他看起来很糟糕。”

“我觉得他被下药了，”汤姆说，“但是也有可能他又在耍花招。为什么他的贴身保镖恰恰在这个时候赶到呢？”

汤姆关掉了灯，一轮皎洁的圆月缓缓升起，几乎把夜晚照成了白昼。他正打算离开窗户，突然惊讶地看到一个女孩朝着房子走来。

“快过来，桑迪！”他哥哥吃惊地说。

桑迪看向了窗外。“天啊，我——我觉得她是多迪！”她结结巴巴地说。

他们跑到外面去迎那个女孩。

“多迪！”桑迪大喊道，“谢天谢地你没事，我们都急坏了。”

“发生了什么事儿？”汤姆带多迪进入客厅时马上问道。

多迪筋疲力尽，顺势坐在一个大扶手椅上。“我——我也不知道。”她虚弱地说，“我能回忆起来的就是我出门了。就在我刚要上车的时候，一个男人向我走来，然后就什么也不记得了。”

“那你是怎么回来的？”汤姆想到了马塔伯特带走里特的那辆车，“你再想想，是不是乘卡车过来的？”

“卡车？”多迪重复道，“不，我不记得。只知道我发现自己正在往你家走。”她双手捂住脸，开始抽泣：“像这样失去记忆太可怕了！”

汤姆同情地拍了拍她的肩膀。“你最好去休息休息吧。”他建议道。

桑迪赶紧给多迪的父母打了电话。不一会儿，艾姆斯夫妇就赶到了斯威夫特家里。巴德·巴克利也跟他们一起过来了。

家人重聚，分外欣喜。

巴德用胳膊肘轻推了一下汤姆。“不用再担心，我们可以回去工作了。”他轻声地说。

汤姆对他讲了里特的突然到访。

“你是说他含糊地提到了狮掌？”安保主任问道，“你们和里特一起在飞机上的时候，他爸爸不也说了同样的话吗？”

“是啊，你觉得其中有什么蹊跷？”

“狮掌一定是金凯德集团的某种暗号。”

“那里特一定很怕它，像是一种威胁。”汤姆补充道。

“我会调查一下的。”艾姆斯说道。

在接下来的几天里，年轻的科学家在实验室夜以继日地工作，巴德也一直在一旁协助。

乔也一直在旁边的厨房里。有一次，他走进来说道：“不管你们工作多久，我都全程配餐。”他手里端着两个吱吱作响的煎饼锅。

“你还是回家吧。”汤姆催促道。

“我不回去！”这个厨师坚持道，“等你们完成工作了我再回去。总得有人保证你们的营养啊。”

“你这次给我们做的什么呀？”巴德问道，“闻起来好香。”

“西部风情的火腿和鸡蛋，只有我才能做出来。”乔自豪地说。他把满满两锅食物放在旁边一个防热桌子上。

汤姆揉了揉眼睛："这是早饭、午饭还是晚饭？我已经没有时间概念了。"

"你可以叫凌晨早点，午夜晚餐。"厨师回答。

巴德打了一个哈欠，说道："你还做飞天煎饼吗？"

这个矮胖的厨师使劲摇摇头，说："我再也不做那些东西了！"

"为什么不做了？"汤姆笑着问道，"怕他们会飞走？"

"我是怕它们飞不起来！"乔说道。突然，汤姆工作台上的东西吸引了他的注意。"这是什么呀，老板？"

"这是莫诺·斯威夫特的模型。"汤姆告诉他。

乔好奇地盯着这个模型。它放置在一条单轨铁路上，高出工作台30厘米。主体是圆柱形的，两边各有一排圆圆的窗户。最前面是尖尖的，像是超音速飞机的机头。

"你要用它来干吗？"厨师问道。

"搭载乘客。"汤姆回答道。

"哦！"乔挠了挠头，"那你怎么让它开动起来呢？它连轮子都没有！"他说道。

"我想用蛇素发动机来驱动，"汤姆说道，"这就是我正在忙的。"

乔疑惑地摇摇头，问："你要让火车悬浮在轨道上，那怎么做到呢？"

汤姆回答说："我希望利用反重力气体让火车和单轨铁路

悬浮在路基上方。”

乔吃惊地张大嘴巴，说：“你是说以后我会开气体驱动的车子？”

巴德笑着说：“没错。而且它将是你经历过的最安全、最干净、最安静的旅行。”

厨师一头雾水。他不想再疑惑下去，回到了厨房。

巴德看了一眼窗外。“太阳出来了，”他疲倦地说，“我们稍稍休息一下怎么样？”

汤姆不太愿意离开实验室。但他还是听了劝说，同意睡上几小时让大脑清醒，这样对他的发动机研制更有帮助。

几个小时以后，年轻的科学家回到工作台研究蛇素发动机的模型。第二天黄昏，他的一声大喊吓到了巴德，乔闻声也从厨房赶来。

“太棒了！”汤姆说，“我成功了！我已经发现怎么利用这种气体创造推动力了！”

只见汤姆盯着一个汽车电池大小的立方体在地板上快速运动，巴德和乔满脸敬佩地看着。看起来他在用手里的电力变阻器控制运行。

“请你骑我的正宗牧马！”厨师大喊道，“那个东西活啦！”

“恭喜你啊，教授！”巴德大声说道，“你是怎么做到的？”

“你知道吧，”汤姆激动地说，“有段时间我和爸爸对低温学很感兴趣。几年前，爸爸发明了一种叫低温妥的催化剂，希望能在高于常规液化点的温度下液化气体。”

“是啊，我记得你提过一次。”巴德插了一句。

“催化剂起作用了，”汤姆继续说，“但是没有爸爸预想中的好，所以他放弃了继续研究。我就决定看一下低温妥和蛇素相互作用有什么反应。”

汤姆解释说他已经制造了一个双壁外围容器，安装在盛蛇素的容器周围。他还发现在外围的容器里面源源不断地输入低温妥，就能产生推动力。

“就是一个重力逆变器啊！”巴德大喊道。

“不止呢，”汤姆激动地补充道，“发动机是静音的。因为里面没有原子辐射，也不需要像核电站那样安装防辐射罩。事实上，实际尺寸的发动机也不会比你们现在看到的大太多，重量大约11千克。”

莫诺·斯威夫特原型机的进展迅速加快了。最后，汤姆叫来了企业集团制模部负责人汉克·斯特林。这位工程师聚精会神地听着汤姆描述他的发明。

“但是轨道怎么办呢？”斯特林问道，“你是要用柱子支撑轨道离开地面吗？”

“不是的，”汤姆回答道，“不用实心的轨道，我计划用一种特殊的空心电缆，在里面注入蛇素。然后再安装控制气体温度的加热元件，这样就能控制产生负重力的多少，如此一来，它就能浮在地面以上了。”

“太棒了，机长。”汉克边说边拍了拍汤姆的后背。

他们把斯威夫特先生也请来了，他为儿子的成就感到很自豪。

“这将是铁路工业的革命！”他说道。

巴德同样也欢呼雀跃，说：“汤姆，这下你可以给曼盖特点颜色看看了！”

企业集团的车间都夜以继日，全面开工。车床的轰鸣声、锤子的敲击声和风钻的咔咔声充斥着车间。为了保证高质量，每一个零部件，甚至最小的垫圈，都检查两遍。两周之后，莫诺·斯威夫特进入了最后组装阶段。

父子俩站在一边欣赏着这个造型时髦、高度抛光的交通工具，汤姆对爸爸说：“过几天，我们就可以开始测试了。”

父子俩刚要离开时，看到桑迪和菲利斯朝他们跑了过来。

“他们得手了！”桑迪上气不接下气地大喊道。

“得手什么了？”汤姆问道，“还有你在说谁啊？”

“今天早上我在测试飞机，然后——”桑迪停了一下，喘了口气继续道，“菲利斯发现有一个地方正在建单轨铁路，然后她就用相机拍了几张照片。我觉得这是宇宙征服者的测试场！”

“哦，不会吧！”巴德抱怨道。

菲利斯给了汤姆一卷胶卷。

“马上洗出来吧！”桑迪恳请道。

汤姆急匆匆地去了实验室的暗室，用他的高速显像剂冲洗照片，其他人都在旁边的房间里等待。

几秒钟以后照片就洗好了，汤姆紧张地将照片放大。斯威夫特先生和其他人都冲了进来，死死地盯着这些照片。

“不可能！”汤姆大声说道。

第八章 激光束埋伏

巴德狠狠地将拳头砸在桌子上，把照片都打飞了。“小人！窃贼！”他大喊道。

乔听到巴德的愤怒喊叫便冲进了房间。“有贼？在哪儿？”他大声说道，“让我来收拾他们！我知道怎么收拾偷牛贼！”

“冷静点。”汤姆建议厨师说。

斯威夫特先生思考了一会儿。“金凯德的轨道车跟我们的太像了。”他最后说，“难道在企业集团里有他的间谍？”

“那会是谁呢？”汤姆担心地问道，“所有的员工都做过全面调查啊。”

“跟之前一样。”他爸爸说，“我让艾姆斯去检查一遍工厂里的每一位员工。”

桌子上对讲机的鸣叫声打断了他们的谈话。他们都跑到了外面的办公室，汤姆按下开关，说：“什么事？”

“请稍等，曼盖特先生的电话。”

紧张的停顿后，汤姆拿起了电话。电话那头传来铁路老总粗鲁而生硬的声音："宇宙征服者取得了突破性进展，你们呢？"

"进展很顺利，先生。"

"金凯德告诉我说，他的儿子已经在铁路运输方面提出了一个全新的理论，是具有革命性的。"

"是什么呢，曼盖特先生？"

"一种特殊的单轨铁路，上面的火车不需要轮子。而且金凯德说他研发了一种新型发动机，目前还没告诉我是什么样的。但是如果你们还在研究那些传统的铁路和火车的话，我们的交易还是算了吧。"

汤姆不想泄露任何秘密，但还是忍不住说："我们也在研发同样的铁轨！"

铁路老总的声音变得低沉，还夹杂着讽刺："你们是怎么想出来的？从宇宙征服者那里？"

"当然不是！我们自己想出来的！"汤姆坚称。

"那你们还有必要飞去宇宙征服者的测试场吗？"曼盖特问道，"去那不就是为了拍照片吗？这样你们就能抄袭他们的发明了。"

"当然不是，"汤姆反驳道，"你根本就不了解具体情况，不巧的是，我现在还不能和你讨论细节。"

"这听起来就有点口是心非了。"曼盖特厉声说。

“很抱歉你那样想，”年轻的科学家生气地回答，“不管你怎么决定，我们无论如何都会继续我们的工程的。”

曼盖特硬生生地说了句再见，挂了电话。

“金凯德偷了我们的发明，我们反而成了盗贼！”汤姆边说边把电话重重地放在支架上。

“我们当初就不应该花时间去检查铁路可通性。”巴德说。“至少不应该在这个阶段。”

大家士气低落，乔努力安慰着大家。“别理那些窥探的狼了。”他建议道，“天啊，他们都没有牧羊犬值得人尊敬。”其他人笑了笑，就都离开了。

汤姆立刻跟汉克·斯特林和阿维德商议，指示莫诺·斯威夫特的员工夜以继日地工作准备测试。

“要争分夺秒！跟每一个参与莫诺·斯威夫特工程的斯威夫特员工都要强调这一点。不管他做的是什么工作！”

“那也包括我，对吧，老板？”正午已过，乔端来几盘午餐给汤姆和巴德时问道，“尝尝我的核能烤箱做的食物，我总说人是铁饭是钢嘛。”

汤姆几乎都没吃饭，这让在门口焦急徘徊的乔很头疼，他一直嘟囔着可怕的预言，说年轻的老板将会饿死。

“乔说得对，汤姆，”巴德担心地说，“你应该吃点东西啊。”

汤姆为了让他们安静下来，心不在焉地拿了一根牛肉肠。

“你对蛇素引擎的事怎么看？”他的眉毛紧紧地皱了起来，“你觉得宇宙征服者有蛇素吗？还是他们有其他的动力设备？”

巴德同样也很困惑：“从照片上也看不出来。”

“不管他们有没有，”汤姆坚定地说，“我们还得继续工作。”

巴德很担心汤姆：“你疲惫的脑袋需要休息休息了。和女孩儿们约会去怎么样？”

汤姆一头雾水，问：“什么女孩？”

“你想歪了啊！”巴德拿起手机说道，“当然是桑迪和菲利斯了。”他便开始打电话。“菲利斯说你要是再继续忽略她，她可要去找别人约会去了。也许是里特。”他刁钻地补充道。

汤姆因为生气脸涨得通红：“你现在怎么还开玩笑，雷蒙德可能有反重力——”

“你现在需要点乐趣，”巴德反驳完，然后继续讲电话。“嗨，桑迪！”他停顿了一下，“是，我们还在车间呢。我和汤姆一个小时后去你家接你。然后我们再去接菲利斯。你给她打个电话，行吗？”

“哎，等一下！”汤姆反对无效，巴德强行把他从房间带出来了。

一整天过去了。哈伦·艾姆斯已经搜查了公司和斯威夫特工程公司的每一个角落，来寻找汤姆的对手可能安在这里的任何窃听设备，但是一无所获。信息是如何泄露的成了一个谜团。

在斯威夫特企业集团，汤姆花了大量的时间在低温学实验室里。有一次他对巴德说："火车在静止时，气体一定要是液体状态。"

"如果发动机里的蛇素过热，电缆坏了怎么办？"巴德问道。

"莫诺·斯威夫特就会向上飞了。"

巴德吹了声口哨："那可就是意外啊！你还记得你当时身上只有一点那个东西，就突然旋转着进入太空了吗？"

"当然了，"汤姆继续说，"在太阳光的照射下，它会变得很热，就让我飞起来了。所以我们要密切控制它的温度。"

巴德点点头，说："记住，天才小子，是我建议你找到办法液化火车上的气体。"

汤姆咧着嘴笑了。"作为回报，你可以做第一个乘客。"说完，他又严肃道，"巴德，我觉得我已经找到方法了。"

汤姆面前的工作台上有一台闪亮的微型低温压缩机。"这就是重力逆变器的核心部分。"他说，"一个温度超循环计。"

巴德用手拍了拍脑门，汤姆边笑边说道："我得保存好我们的蛇素。"

"如果我们能合成蛇素就好了。"巴德沮丧地说道，"这样我们就不用总去月球了。”

“我有个惊喜告诉你。”汤姆看到门开了，便压低了声音。“哦，是你啊，乔。”

“炭烤牛排！”厨师在男孩们面前放下两个巨大的盘子。

“谢谢，乔。”这一次，汤姆狼吞虎咽地吃着食物，“这些食物可以供养一支军队了！”

“那你现在就是被包围了，就像是在阿拉莫一样！”

乔开心地看着，没有比看着他们吃饭更高兴的事了。

巴德对汤姆说：“你的惊喜是什么？”

“我正在找一种能够合成月球气体的办法。”汤姆回答说，“但是我是在家里研发的。如果企业集团有间谍的话，我可不想冒险让他打探到我正在做什么。”

吃完饭后，汤姆马上站了起来。“快走！”他用命令的口吻说，“我想让你看看我的同步电磁机！”

巴德急匆匆地跟着汤姆去了停车场。

开车的时候，汤姆解释道：“我的设备将会用电磁法合成蛇素。”

汤姆地下实验室里的设备让人印象深刻：“这是偏光镜、磁化器还有同步电荷转向器。”

他一一指出，同时打开了一个开关。出现了强烈的嗡嗡声，就像有上百万只蜜蜂在叫。

“现在合成器可以接受氦气输入，就能输出蛇素……”

“我们就可以开动一整队的莫诺·斯威夫特！”巴德立刻意识到巨大的可能性，屏息说道，“而且绝不用担心用完气体！我可以在车里配一个这样的小配件！”

“你还想不想让我告诉你同步电磁机是怎么运行的了？”汤姆装作生气的样子，但是他暗地里享受着这个小玩笑。

“抱歉，”巴德看起来有点内疚，“我看看能不能猜对吧。你想要把氦气转化为蛇素，对吗？”

“对了。我想把氦气原子再极化，这样99%的原子就会在空间里保持相同的方向。”

“然后你让这些原子通过一个磁场？”汤姆指着一个超导体说，那个超导体是同步电磁机的一部分，“多少高斯？”

“一百万。”

“哇！我觉得原子在最高磁场的时候……”巴德的声音越来越小，透露出不确定。

“它将会在高频交流电场中精确地‘转变’电荷——”

巴德突然看了一下手表：“如果我再迟到桑迪就转变成别人的了！我刚好能赶上球赛，哎，你和菲利斯也一起来吧？”

“我没时间。”汤姆回答。

“那我先走了。”巴德匆匆地离开了。

汤姆继续研究同步电磁机。“如果我能够转换氦气原子微粒的电荷就好了。”他自言自语道，“电荷的符号就能在原子核轴自转和外部云电荷之间交换了。”

随着研究的深入，他需要用实际的蛇素进行试验。汤姆回到工厂，在罐子里装了一些气体，然后把罐子放在了敞式卡车的后面。

他开车回家的路上，天越来越黑了。茂密的树林在凝重的暮色中悄然无声。突然，震耳欲聋的爆裂音打破了这份寂静！

汤姆踩下刹车，将卡车停在了路旁。他从车上跳下来，看到罐子上有一个大洞，蛇素正在泄露。它像蛇一样上升，消失了。

“怎么会……”

汤姆正对爆炸很疑惑时，看到一个人跑进了树林中，手里拿着器械。汤姆一眼就认出来那是一把激光枪，他便上前去追那个人。

第九章 偷窥者的诱饵

汤姆决心要抓住敌人，猛然加速。他几乎就要抓住那个人了，突然那个人转过身来瞄准了他的追捕者。

汤姆刚好趴在一个倒了的树干后面，躲过了致命的一击。几分钟后他小心翼翼地窥探着外面，那个神秘的袭击者已经不见踪影。

“他为什么要那样做？”汤姆很不解。失去了宝贵的蛇素，他很生气。“为什么要毁了它？为什么不偷走它呢？”

汤姆回到家，看到斯莱特警长正在和刚回家的桑迪交谈。警长去了宇宙征服者几次，要盘问里特关于多迪被绑架的事。“抱歉，”老金凯德每次都一口咬定，“我儿子现在在国外出差。”

“听起来就是不让他儿子说自己知道的事。”汤姆说道，“里特去了哪里？”

“也许去非洲了呢。那里有狮掌！”桑迪半开玩笑地说。

她的一番话让汤姆猛地想起来，有个神秘的间谍监听过他在地球和月球之间的通话！

“如果我们能够找到那个超级间谍的话，我确定一定能在那里找到里特。”他说道。

后来，汤姆联系了哈伦·艾姆斯，询问他对这个调查的看法。

“你的想法很好，汤姆，但是非洲离肖普顿很远啊！”

“我记得你追踪那个星际间谍到乞力马扎罗呢。”汤姆坚持道。

“我说的是‘在乞力马扎罗附近的山区’，”斯威夫特的安保主任边抽着烟斗边回忆道，“那里可是极其危险的地方。抱歉，机长，我们还没有确定间谍的位置，搜寻计划不成熟。”

汤姆很失望，但只好同意。他回到了企业集团的实验室。巴德专注地看着汤姆把最后的蛇素放进了超循环器中：“还没到这台机器自己处理这种气体的时候吗？”

“我觉得是的。”汤姆旋紧了再生器外壳的一个螺钉，“但是我不想冒险再失去蛇素，剩下的已经很少了！”

两个人都为失去气体感到很难过。

尤其是巴德很自责：“我竟然没有待在实验室而是去看球赛！我要是当时在你身边帮助你，就不会发生这样的事了！”

“不是你的错。是我太蠢了，把东西放在敞开的卡车里！”

“你觉得这样不会被宇宙征服者发现。”巴德看了看周围，好像隔墙有耳一样，“无论我们做什么，金凯德似乎总能立刻闻到风声！”

汤姆做完了最后的调试：“好，就这样吧。现在去取蛇素！”

巴德跟着他走出了房间：“这次我不会让你和气体离开我的视线了！”

在艾姆斯的密切监视下，装有气体的容器被小心地从地下室取出。汤姆和巴德把蛇素带回低温试验室，一些精心挑选出的警卫在旁护送。

汤姆用漏斗把气体放进了超电压分离器中：“就剩这些了！”

他开动机器，看着外面的仪表，温度降到了零度以下，还在继续下降。“再下降几度，它就会被液化了！”汤姆得意扬扬地说。

就在那时，震耳欲聋的爆炸声充斥着整间屋子。机器裂开了！

“是再生器外壳！”汤姆沮丧地大声说，“我做得不够坚固，不能承受极度寒冷！”

液态的气体从锯齿状的金属洞里流了出来，立刻就变成了漂浮的雾团。汤姆和巴德努力重新把它放进容器里，但是蒸汽在实验室迂回蛇行，最后被排风扇吸走，从眼前消失了！

爆炸声引得很多人跑过来，其中包括汤姆的爸爸。他几乎不相信自己的耳朵，他问：“所有的蛇素都没了？”

汤姆伤心地解释了原因。老斯威夫特把手臂搭在儿子的肩膀上说：“你可以随时去月球再取气体回来，这也可能有利于你调整下节奏。你夜以继日工作了这么长时间……”

“好的，爸爸，我明天就去月球。还有，告诉妈妈过几个小时我回家吃晚饭。”

“回家吃晚饭，是你最好的选择。”巴德说，“我收到邀请了，菲利斯也是。”

妈妈给了汤姆一个大大的拥抱表示欢迎。玛丽·斯威夫特面容俊俏、身材苗条，很容易被误认成桑迪的姐姐。

她很高兴看到汤姆心情还不错。看到有人帮他拿了三次夹有约克郡布丁的烤牛肉时，她更高兴了。甜点是她自制的巧克力蛋糕。

晚饭过后，四个年轻人去了地下娱乐室打乒乓球。

巴德哼了一声，说：“吃了一顿大餐之后打乒乓球？”

“锻炼锻炼对你有好处。”桑迪调皮地戳了一下他的肋骨，“你都快变成大木桶啦！”

“但也是有趣的木桶，这你必须得承认！”巴德反驳道。

桑迪不耐烦地跺着脚，咧着嘴笑了。

“好了，好了。”巴德笑了笑，“我知道说不过你，我就是甘心中计！”

"就是这样！"汤姆大声说道。他停顿了好一会儿，所有人都等着他继续说。"我会在去月球取新气体的路上，给间谍设计一个陷阱。"

"你是说那个星际间谍？"认真听的菲利斯问道，"你怎么知道这次他还会截获你的电视信息呢？"

"我不确定，但肯定值得一试。"

"你可以在太空发射三枚无人驾驶火箭。"巴德建议说，"每一枚火箭都携带天线，来探测间谍射频放大器发出的辐射。这样就能三线一点精确定位间谍的天线了。"

"那怎么工作呢？"菲利斯问道。

汤姆回答道："我们可以用三个天线搜索间谍，捕获天线方位线的指向点。"

"所以在三条线交叉的地方。"桑迪激动地说道，"就能找到那个偷窥狂——"

"偷窥汤姆·斯威夫特的偷窥狂！"巴德俏皮地说道。

他的朋友笑道："也许就能成功呢！"

"听起来好复杂。"菲利斯说道，"有没有更简单的方法？"

"也许你说的对。"巴德回答道，"三角形队列合作起来应该会很困难，而且无人驾驶火箭可能会暴露计划。"

"能不能用别的办法？"桑迪问道。

"也许可以用我的激光机！"汤姆指的是家中实验室里他

精心制造的激光机。

“去实验室吧。”汤姆催促道，然后带头走出了娱乐室。

他用电子钥匙打开了三重锁的门，给大家展示了激光谐振腔，里面有一根宝石色棒、各种镜子，还有一个闪光灯，它们在一起能产生强大的激光束。

“退后。”汤姆对他们说完，接着吩咐菲利斯，“按一下那个按钮。”她按了那个按钮，一道剑一样的光在保险刀片上穿了一个洞。

“红魔法！”桑迪大声说道。

“激光束跟普通的光线不一样。”汤姆解释道，“它能以铅笔一样的细直线形态运动。”

“你是想制作一个激光探测仪吗？”菲利斯问道。

“是的。把它用在电视传送器的频率上，我希望能找到监视器的位置。”

“如果你找到监视器的话，”桑迪推测说，“也能找到偷窥你的人。”

汤姆微笑着点了点头：“希望如此。”

第二天早上，汤姆指挥着把激光反间谍装置安装在挑战者号上。巴德取名字很有水平，他命名这台装置为对抗激光器。

午饭过后，汤姆、巴德以及其他的成员登上了飞船。这次的旅程风平浪静，他们顺利地降落到火山口边缘。这一次，他们直接用气泵把气体装进了挑战者号上的一个大罐子里。汤姆用微型录像机把这一过程拍了下来，然后通过闭路电视传送给斯威夫特企业集团。

录像差不多就快要传完了，神秘的监视器也没有进行任何干扰。汤姆沮丧地说道："我猜敌人没有上钩——"

"快看！"巴德指着传送器上的红线突然说道。

传送器闪动着危险警告！

汤姆立刻打开对抗机光器，锁定了间谍天线的频率。经纬度信息开始在屏幕上闪动！巴德得到了方向和范围，便将这一信息在地图上标了出来，同时也盯着刻度盘上的指针，指针一直保持稳定，突然回到了原点。

巴德满脸胜利的表情，大声说："偷窥者在南非高原，乞力马扎罗附近，基博峰和马温茨峰中间。"

"乞力马扎罗东、西部的两座山峰！"

几分钟后，常规火箭搭载着挑战者号起飞了。就在飞船到达平流层时，一艘奇怪的红色火箭飞船穿过他们的航线，激光加农炮爆发出致命的警示射击。

"是太空海盗，来抢气体了！"汤姆立刻用超级斥力装置反击攻击者，挑战者号脱险了。

"这些太空小贼动作真快！"巴德生气地说。

两天以后，汤姆在办公室开了一个战略会议。乔走进来，端着满满一盘子的多汁菜肴："尝尝我的牛排招牌菜吧，这些烧烤排骨可是用我的新型红外线烘焙箱做的。"

乔把牛排分给大家时，巴德对汤姆说：“我要待在这里，跟汉克和亚弗一起工作。”

“好吧，那我让桑迪和菲利斯跟我一起去。”

他给在家的女孩儿们打电话。“三天之后，你们和我一起去非洲吧。”他说。

“噢耶！”桑迪大喊道。

她一挂掉电话，便把这个邀请告诉了菲利斯。菲利斯高兴地说道：“送我回家吧，我得开始考虑旅行时穿的衣服了。”

桑迪把菲利斯送回家里。菲利斯家里没有人，她就拿钥匙开门进屋了。桑迪刚要开车走时，突然听到她朋友的尖叫声。

桑迪跑进屋子里，发现菲利斯指着墙上的镜子。上面有一个奇怪的五环标志，标志上方用橙色的蜡笔只写着一个词的警示：

小心！

第十章 绝命抓捕

“狮掌！”汤姆喊道。他是得知消息后匆匆赶来牛顿家的。他仔细观察了镜子上的标志。“这个大圈代表着中间的脚掌，这四个小圈是脚趾。”

“我才不会因为害怕放弃这次出行。”菲利斯说道。

桑迪非常疑惑：怎么会有人知道我们的计划呢？”

“这证明了两件事，我们计划去非洲是正确的，还有消息肯定是从我们内部泄露出去的。”汤姆走到电话跟前，“我要告诉哈伦，让他再彻查一遍窃听装置。”

在安保主管的指导下，一群技术人员搜查了斯威夫特企业集团的每一所建筑。汤姆和巴德留在实验室。

“我觉得窃听装置就在附近的某个地方。”汤姆眉头紧锁地说。

“但是在哪里呢？”巴德困惑不解，“艾姆斯已经搜查过了啊，墙里墙外，房顶和房顶下面——”

“他们也检查了电话和灯具。”汤姆补充道，他现在很绝望，“他们还搜查了画的背后，所有有可能藏有窃听设备的地方都找遍了。”

“但是没有搜查乔的厨房。”巴德走向厨房，“我们去那里看看。”

“你们这些偷马贼，离开我的地盘！”矮胖的厨师很恼火。因为巴德和汤姆把煎锅从挂钩上拿下来，把排列整齐的锅弄得乱七八糟，咣当作响，“我可没有把你们的地盘弄得乱七八糟——”

就在这时，警报器响了。他们急忙冲进隔壁的实验室。是终于找到窃听器了吗?

“是个假警报引起了震动。”汤姆说。

巴德想尽力减轻他的朋友汤姆的失望：“因为厨房里太乱了！”

“你是说我的厨房。你们把厨房搞得乱七八糟，让我怎么工作啊？”乔大声说完从地上捡起一个长勺，苦恼地看着混乱的厨房，“这地方就是遭遇了龙卷风都比现在整齐！”

三个技术人员进来把炉子拆了时，他变得更加烦躁不安。

“一群阿帕奇人！”他瞪着入侵者们说。

汤姆很同情他：“你为什么不休几天假呢，乔？”

“也许我可以去钓鱼？”厨师又满脸笑容，“我要去奥扎克，那里的鱼才称得上是好鱼！”不到一个小时，乔就装好假蝇钓鱼竿离开了。

“没有希望了！”汤姆沮丧地说，“金凯德就像会读心术一样！”

“说到隔墙有耳，”巴德说，“他们似乎连眼睛都有了！”

与此同时，一个男人来到了企业集团大门旁边的接待室，他60岁，高高瘦瘦的，留着下垂的胡子。“真是个怪老头！”警卫坐在桌子旁边想道。警卫大声地说：“你好先生，你想找谁？”

“温克勒先生。”怪老头回答道，“告诉他劳埃德·匹克威克来了，是他当驯马牛仔时候的老朋友。他看到老劳埃德一定会很吃惊的！”

警卫通知了汤姆，他便通过车间的闭路电视跟乔的拜访者对话：“很抱歉，他去钓鱼啦，匹克威克先生，过几天就会回来。”

“太不巧了！”这个人失望地回答，“真想见见这个老家伙。”

“只要是乔的朋友，企业集团都很欢迎。”汤姆说，“如果你愿意作客几天等着他回来，我们也很高兴。”

“谢谢你。”老头回复道，“我不能待在这儿，我要去出差。回来的时候再顺路来拜访他。”

汤姆跟他告别后，关了闭路电视。

过了片刻，实验室的门开了。阿维德大步走了进来，后边是企业集团的首席冶金专家迪克·奥唐奈。从年轻的面庞上根本看不出这位专家在金属与合金领域有多年的经验。

“检查发动机中装蛇素的容器一切正常。”奥唐奈说，“我们把温度降到绝对零度以下，金属没有开裂。”

“正是有你要把新合金与钛混合起来的想法，才能成功的！”汉森补充道。

“你是说因为我妈妈的娘家姓是内斯特，所以把仪器命名为内斯特素？现在意味着合金成功了，太棒了！”汤姆说道。这种新的材料也会应用在单轨索道的修建上。

“嗯。现在，我们已经准备好开始第一系列的阶段性测试了。”汉森大声说道。

“我同意，可以开始了。”汤姆对他保证说。

“很遗憾我不能跟你一起去非洲了。”巴德说，“咱俩得有一个人在这里协助测试。”

汤姆决定乘坐蓝天女王去乞力马扎罗地区。蓝天女王是一艘巨大的银色飞船，一共有三层，汤姆把它称为自己的飞行实验室。因为它有设备齐全的物理和化学实验室，内部原有的设备换成了电子感应装置，是能够精确定位间谍的监视器。

这艘巨大的飞船还有另一个优点，就是它有宽敞的客厅和卧室，还有一个厨房。由于乔现在不在，到时候桑迪和菲利斯会负责做饭。

“我们全都准备好了，汤姆。”艾姆斯说道。他的任务是监控感应装置。“随时可以起飞。”

就在船员们要收起从舱口伸到地面的梯子时，汤姆突然听到了马蹄一样的声音。有人从瓷砖通道上重重地跑过来，那条通道能够承受住蓝天女王的原子升降机发出的冲击波。

“等等！我要和你们一起去！”一个矮胖的男人上气不接下气地大喊道。

是乔！

桑迪和菲利斯沾沾自喜地向下看着他。“你来得太晚了，乔，”桑迪调侃他说，“菲利斯和我会在旅途中负责做饭的！”

乔非常诧异。“但——但是你们不可以！”他努力喘了一口气，结巴地说道，“在旅途中做饭是我的职责，没有人能够做出他们喜欢吃的味道来！”

“哦，乔！”桑迪假装很伤心，菲利斯也装作擦眼泪。

乔走上飞船时，汤姆哈哈大笑。乔说：“起先你把我从实验室旁的厨房里赶出去，现在你又让这两个女孩儿接管飞船上的厨房，她们根本不知道你们喜欢吃什么！”

“你们觉得呢？”汤姆给她们俩使了个眼色。

“讨厌女孩儿的人不准上来！”桑迪和菲利斯看起来生气了。但是都眨了眨眼睛，她们知道待会儿又要忍不住笑了。

“那我把五彩鲑鱼给你们！”他手里提着一个便携冰桶，

“真正漂亮的斑点鱼！刚刚日出的时候捕的，就是要让你们见识见识奥扎克小溪里正宗的鲑鱼。”

“好吧，那你上来吧！”桑迪说道。

汤姆伸手帮乔走上陡峭的手扶台阶。乔的脸通红，额头上沁出了汗水。

“我不是说我不喜欢女厨师。”他边蹒跚地上楼梯边喘着气说，“给，你能拿着这个吗？”

乔把鱼桶给了汤姆。但是他的手太短了，同时他脚下一滑。

“小心！”菲利斯大叫道。

乔拼命地重新保持平衡，但鱼桶从他的手上滑落了。桶滚下台阶，落在坚硬的跑道上，立刻传来嘶嘶的声音。

“里面有什么？”桑迪问道。

汤姆立刻感觉到了眼前的危险。“听起来像定时引信！”他大叫道，“桶里有炸弹！”

第十一章 微小的入侵者

汤姆拼命拉扯着乔进入了飞船。他还没来得及关上舱门，飞船的底部就受到了爆炸的重击。

此次爆炸的威力本足以将任何普通机身炸裂，可是汤姆建造飞行实验室时，就在飞船的外壳和内舱都覆上了托马塞特——一种防击穿的高强度塑性材料。

乔吓得说不出话来了。那两个女孩也吓得尖叫起来，船内的每个人都吓得面无血色。

“又一次死里逃生。”汤姆喃喃道，“但是怎么会——”

乔终于开口说起话来。“我觉得那些鱼很可疑！”他打趣道，“还好我们及时发现了桶里的炸弹，没把桶拿到飞船上来。”

哈伦·艾姆斯大声说道：“我认为应尽量推迟这次航程，把这件事好好地调查一下。显然是有人在乔的鱼里放了炸药，想在航行时把我们都炸成碎片。”

“呃，要不是我一直笨手笨脚的，他们的阴谋可就得逞啦！”

艾姆斯困惑不解：“这些炸药到底是什么时候放进去的呢？那些鱼不是乔自己抓的吗？”

“你曾把这个冰桶单独留在某个地方吗？”汤姆向厨师问道。

“这么一想，我的确曾把它单独留下过。在去农场的途中，我去了威利餐厅喝咖啡。我把外套挂到了门旁的挂钩上，鱼也和外套放一起了。我倒是看见有一个陌生人在那边倒腾着什么——”

“说到陌生人，”汤姆说道，“刚才有个人来找你。是个名叫匹克威克的老先生。”

“不是叫劳埃德·匹克威克吧？”

“就是他。”

乔一头雾水：“不可能是他！前几天，我才收到劳埃德的来信！他在一家医院里呢！”

艾姆斯提议道：“我们去看看他的照片。”

接着，他与办公室取得了联系。为了安全起见，他们调出了有劳埃德的录像。

乔暴怒起来：“这根本不是劳埃德！劳埃德长得矮小精瘦，胡子又短又粗，根本没有那样的大胡须！这个家伙是个冒牌货！”

“你以前见过这个人吗？”艾姆斯问道，“你再仔细看看这张照片？”

乔又仔细地看了看。

紧接着，他气急败坏地说道：“噢，照片上的人就是那个在鱼的旁边鬼鬼祟祟的家伙！”

“那是多久以前的事？”汤姆说道，伸手去拿电话。

“不到一个小时之前。”乔说完，摩挲着自己的下巴接着又问，“那个家伙不是想炸掉我的厨房？”

“可能吧。”艾姆斯暗示道，“也许他想偷偷在我们的食物里放进什么东西。”

汤姆大声说道：“没准那个家伙还在肖普顿呢。我要给警察局长斯莱特打电话。”

警方马上发布警报，搜捕嫌犯。

最终，汤姆说：“我想我们现在可以出发了。”说罢朝驾驶室走去。

汤姆打开了声音陀螺仪，这是他发明的一种装置，可以在原子能注入喷气推举器时，消除飞船急速升空产生的不适感。蓝天女王垂直升空，汤姆在15千米处打开了前推进器，飞船开始以每小时1931千米的巡航速度疾驰，向非洲进发。

艾姆斯来到了驾驶室门口汇报道：“我们的监察设备已经开到了最大强度，可是没发现任何线索。”

“没准我们的敌人非常警觉，他们一直在隐蔽踪迹。”当飞船开始降低高度时，汤姆向地面望去，“或许那个监控器的天线已经隐藏起来了。”

放眼望去，视野可及之处皆是原住民村落的草屋，村落外围是茂密的树林。积雪盖顶的乞力马扎罗山矗立在远方。

“多么壮观的景色！”桑迪惊叹道，旁边其他的人也不住地点头咂嘴。

与密林相接的便是辽阔的草原，高高的草丛如海浪般在风中翻涌起伏。

汤姆选择了一块被太阳晒得又干又硬的土地，作为飞船的降落地点，这样飞船喷射器喷出的火焰既不会伤害到动物也不会引燃植被。

最终，飞船平稳降落。舱门打开，一架悬梯放了下来。汤姆在最前面领头，乔在后面殿后，蓝天女王号上其他的乘客和船员也陆续从梯子上爬了下来。

如血的夕阳正缓缓下沉，温暖而舒适的非洲之夜就要降临了。

“监控器应该就在这附近啊。”汤姆说道，“可是在哪里呢？”

他们周围是一人多高的草丛，像监狱的围墙一样将他们包围起来。

“我觉得有人正监视着我们。”桑迪说道。她很庆幸艾姆斯和汤姆都在她左右，乔也站在他们身后。

大家都感觉到许多双无形的眼睛正盯着他们，这种感觉也很快得到了证实。

时不时地就有原住民躲在高高的草丛中偷偷窥视他们，面容既害怕又惊悚，然后又无声无息地消失了。

“今晚什么也做不了。”艾姆斯指出，“过几分钟天就要黑了。”

大家又重新回到了飞船上。当夜色渐浓，船内便成了既光明又安全的避难所。当汤姆关上活板门，插上门闩时，所有人都松了一口气。

“最好把监察设备都打开，”汤姆向艾姆斯说道，“我们早点睡觉。万一夜里出现什么状况，报警器就会响起，我们可以在第一时间内了解情况。”

于是，大家都就寝了，但都没马上睡着。阵阵骇人的声音从监察器处传来，大家很不安。这种声音很难辨认。到底是野兽？还是人？

“我真希望回到家里。”菲利斯对桑迪悄声说道，“这儿太可怕了！”

“不要害怕。”桑迪拍了拍菲利斯的胳膊，“猜猜我在想谁呢？”

“谁呀？”

“里特·金凯德。记得不，我们原以为他会在这儿。”

“我也想知道他在不在。”菲利斯说道，然后就睡着了。

一整夜，监察器不停地发出奇怪的嘶嘶声，就像成千上万条愤怒的蛇一齐发出的声响。汤姆没有休息好，早早地便起床了。其他人仍在睡觉。

他踮着脚尖走进驾驶室，然后关上门，通过私家耳朵与斯莱特警长通话。

私家耳朵是一种双向无线电通信设备，具备反窃听的功能。“到目前为止，我们在非洲仍是一无所获！”

“哦，我们这边进展得还算不错。”

肖普顿警察局长回答道：“多亏有打印的抓拍照片，冒牌的匹克威克落网了。”

“他是什么人？”

“他不交代，但经过指纹鉴定，我们发现他叫杰克·桑德斯，是一个不正当的私人侦探，曾有很长的服刑史。”

驾驶室的门打开了，哈伦·艾姆斯走了进来，后面还跟着菲利斯和桑迪。

“外面还那么黑呢，”菲利斯说道，“透过休息室的窗户向外望，什么也看不见！”

“哦，现在几点了？”桑迪问道。

“吃饭的时间啦！”乔说完，打着哈欠走到了门口，“吃早饭的时间肯定是过了，可是我刚刚从舱口向外望时，发现外面还是一片漆黑。”

当大家都在对这不同寻常的黑暗做出猜测时，汤姆让艾姆斯与警察局长斯莱特通话。

斯莱特说他已经逮捕了几个试图混进斯威夫特企业集团的小偷。

“这些人给出了许多根本站不住脚的借口，但是追查发现，他们和宇宙征服者有间接关系，只是还没有确凿证据证明有联系。”

“为什么突然间出现了这么多的公开间谍活动？”在汤姆关闭私家耳朵时，艾姆斯问道，“你认为金凯德秘密行动的失败是因为什么？”

“这很难说。”汤姆有点儿心不在焉地回答道。

然而，汤姆也被窗外的漆黑吓了一跳。似乎是时间错乱了。难道静音电子钟不走了吗？

秒针在走着，汤姆又检查了电子钟内的机械装置，运转正常。

天早就该亮了，外面怎么还是一片漆黑呢？

汤姆打开舱门，放下了悬梯。外面艳阳高照，阳光明媚，天空万里无云。

汤姆疑惑不已，他从飞船下到了地面上，抬起头来向上看。

“哇！”他惊叫道。

整个飞船表面覆满了黑蚁，而且已经有大量的黑蚁通过那扇打开的活板门涌进了飞船。飞船内传来阵阵的尖叫声，很显然这些微小的入侵者正用它们那尖锐似弯刀的口器袭击飞船上的众人。

“矛蚁！”汤姆倒吸了一口气。“它们会吃掉可以找到的任何食物，包括人！”

第十二章 被追捕的猎人

不计其数的矛蚁涌进了蓝天女王号中。“它们所到之处只剩下一堆白骨！”汤姆开始拼命地胡思乱想。

他该怎么阻止这些矛蚁呢?

汤姆又爬上了悬梯。这些凶猛的虫子狂咬他，汤姆忍不住痛苦地大叫起来。他不顾矛蚁叮咬的疼痛，设法关上了舱门，以防有更多的矛蚁入侵。可是一大群凶恶的矛蚁已经进入了飞船内。

“他们会吃掉咱们所有的食物！”乔在厨房里大声叫道，不一会儿又尖叫起来，“现在这群害虫要吃掉我了！”

桑迪却依旧沉着冷静。她跑到下甲板的储藏室里，拿回了一罐喷雾器，喷射那群矛蚁。它们立即像被施了魔法般枯死了。

“这是一款新型杀虫剂。”她向汤姆解释道，“它是利用原子理论设计而成，可以使昆虫体内的分子解体，对人体安全无害。爸爸发明它就是为了给你一个惊喜。”

“哦，这个惊喜来得正是时候！”汤姆感激地说道。

“它叫斯威夫特杀虫剂。”桑迪接着说道。

“你打算怎样处理飞船外的那些蚂蚁呢？”艾姆斯问道。

“我有主意啦！”汤姆匆匆奔向控制器，“我不知道这是否有用，不过还是值得一试。”

汤姆把喷气推举器开到了最大功率，飞船立即垂直升入空中。由于安装了声音陀螺仪装置，当飞船从3千米、6千米、15千米处最终上升到30千米高空时，人们也没有产生超重感。最后，黑暗消失了，船内的乘客可以透过窗子看清窗外。

“你把它们都冻死了！”菲利斯钦佩地大叫道。

“难道你不觉得是有人故意用这些蚂蚁攻击我们吗？”艾姆斯向汤姆问道。

汤姆摇了摇头。“这可能就是一个自然界的意外。”他操控着蓝天女王号俯冲下来，“我们再仔细搜查一下这个地方。据对抗机光器称，间谍监控器应该就在这附近的某个地方！”他打开了一个装置——电视和望远镜一体机，这个装置是最近才安装到飞行实验室上的。“透过望远镜看看吧。”

艾姆斯把一只眼对准这个超级望远镜，远方的地形地势便清晰入目。

“看到什么东西了？”汤姆问道。

“只有一片荒原，几株矮小的树木。沙尘暴似乎就要来临了。”艾姆斯回答道，“真奇怪！看起来没有风呀，所有的树木和灌木丛都没动。”

汤姆驾驶着蓝天女王号又飞低了些，现在艾姆斯可以看得更清楚了：“一群黑犀牛正在攻击一个人！”

汤姆看到一大群身形巨大的黑犀牛，每只都重超一吨。它们正在追赶一个白人，这个人向着一棵树所在的地方疯狂逃去。

“他逃不掉了！”汤姆大叫道，“尽管犀牛身躯庞大，它们也可以和马儿跑得一样快！”

这群犀牛压低了它们那又长又弯、如尖刀般锋利的犄角。它们马上就要追到自己的猎物了。现在只剩这个猎人孤身奋战，他的原住民帮手们早已逃散各处。他向狂奔的牛群开火，可是又惊慌地放下了步枪。

“我要试试把牛群吓走！”汤姆说道。

他驾驶着飞船，使飞船突然降到狂怒的牛群行进的道路上。受到了巨型飞船的惊吓，牛群四散逃窜，慌忙地奔向它们的栖息地沼泽。

汤姆把飞船降落到地面上，打开舱门，放下两层的悬梯。一个身材消瘦、皮肤红润的男子正向他打招呼，这个人身穿卡其布短裤，头戴硬壳太阳帽。

“我叫雷德格罗夫——丹顿·雷德格罗夫。”他紧紧握住汤姆的手，操着一口纯正的K国口音说道。

“你就是那个伟大的K国探险家？”汤姆想起来他曾经见过这个人的照片。

“是的。你救了我的命，我永远感激不尽。请问恩人尊姓大名？”

“我姓斯威夫特。小汤姆·斯威夫特。”

“莫非是斯威夫特公司的斯威夫特？”

汤姆摇了摇头，说：“先生，你说的是我爸爸。”

雷德格罗夫捋了捋他那修剪得整整齐齐的红胡子：“不，汤姆，我也听说过你的名字。”

汤姆把斯威夫特公司在非洲的使命告诉了雷德格罗夫，接着又询问他有没有见识过或听说过这个地区的监控设备。

“没有，都没有。”

汤姆接着问道：“这些犀牛为什么追击你啊？”

雷德格罗夫摘下了太阳帽，用手擦了擦前额，又理了理棕黄色的头发：“我本来正跟踪一只吃人的狮子，不小心惊扰了水坑里的犀牛。”

汤姆感到非常好奇：“吃人的狮子会在犀牛周围出现？我原以为狮子会躲开犀牛呢——会很怕犀牛。”

“实际上，也不能说是真的狮子。”雷德格罗回答道，“我原以为它可能是狮子，因为生活在乞力马扎罗地区的原住民一听说‘狮掌’都惊恐万分——”

汤姆变得异常兴奋：“那是什么意思？”

“我也不确定。可是我确实知道附近有一个村落，村中所有的茅屋都呈狮掌状排列。带我到你的飞船上，我指给你看。”

雷德格罗夫上了飞船，汤姆把他介绍给了船上其他的人认识。

当蓝天女王号再次升入空中，船上众人都向下俯瞰着那个原住民村落。“看看那些茅屋的布局。”雷德格罗夫说道。

“很像镜子上的图案！”菲利斯对桑迪悄声说道。她又大声说道：“在一个大圆之上有四个呈新月状排列的小圆。”

“牛顿小姐，你说得没错。”猎人雷德格罗夫接着说道，“狮子脚掌上的爪垫就相当于人类脚掌上的跖球，其显著特征就是圆形。然而，与人脚不同的是，狮子的脚后跟是离开地面的，所以不会在地面上留下印记。而狮子的四个脚趾就表现为那四个呈新月状排列的小圆。”

“我们去拜访这个村落里的人吧。”艾姆斯建议道。

汤姆驾驶着飞船降落，计划把它停到村外。当飞船逐渐接近地面时，桑迪指着窗外说：“那不是一个年轻的白人男子吗？”

汤姆也发现了这个年轻人。年轻人被六个原住民围攻，朝着丛林中匆匆奔去。终于，蓝天女王号降落到了地面上。

“哈伦，你和菲利斯一起看好飞船，行吗？”汤姆问询道，“我和桑迪、乔，还有雷德格罗夫先生一起去村子里。”

一行人看到村子首领正坐在一个用草临时搭建成的宝座上，正好处于由茅屋围成的大圆的中心。雷德格罗夫当地的方言讲得很好，他和村长交谈起来。

雷德格罗夫听了村长的回复后，转向汤姆："他不懂你所说的狮掌是什么意思。他还说村里没人和年轻白人男子一起跑进丛林里。"

"问问他，"汤姆说道，"是否介意我们进行搜查。"

雷德格罗夫讲着当地的方言，向村长说明了汤姆的请求。村长老头儿没说什么，但点了一点头，动作微小得几乎不为人察觉。

"他说我们可以进行搜查。"雷德格罗夫回答道，"但是我们不会查到任何东西，因为他根本没有隐瞒任何事。"

"我们去村边看看。"汤姆建议道。

村外长着茂密得几乎无法穿透的丛林。每个人都在全神贯注地搜寻，以至于大家不知不觉走散了。汤姆环顾四周，却发现只剩他孤身一人。

"乔！桑迪！"他喊道，"雷德格罗夫先生？"

雷德格罗夫红扑扑的脸突然出现在一棵树后面。"老兄，我在这儿，叫我丹顿吧。"他自豪地补充道，"我的名字是以一位伟大的革命家命名的。"

汤姆说他很担心："其他的人都去哪儿了？"

"没准他们回到了飞船上？"

“希望如此。”汤姆朝着蓝天女王号走去，“去看看。”

丹顿领着汤姆走了一条他熟悉的近道。可是，桑迪和乔并不在飞行实验室里。

艾姆斯感到困惑不已：“听听这个。我刚才胡乱摆弄，收听了某个特定频率的短波。竟然听到了乔的声音！”

汤姆非常诧异：“可是乔没带着无线电发射机啊。”

“我知道。所以说太奇怪了！”安全机长艾姆斯继续说道，“乔正在和一个女孩说话。我敢说那个女孩就是桑迪！”

第十三章 危险的陨石

“没准桑迪和乔身上带着袖珍无线电。”汤姆猜想道。他走过去查看袖珍无线电，却发现一个也没少。

“哈伦，再次打开短波频段。”汤姆建议道，“调到刚才的那个频率。”

开始时，除了沙沙的噪音外什么也听不到。接着，终于传来乔悲哀的声音：“这个丛林太茂密了，我几乎不能动弹了。我们被困住了，就像陷在了汤里——还是咖喱肉汤！”

“没错，是乔的声音！”汤姆说道。

“可是桑迪在哪儿呢？”菲利斯问道。

汤姆把一根手指放在嘴唇上：“听着！”

不一会儿，再次传来一阵阵唰啦唰啦的摩擦声，似乎是乔正费力地穿过浓密的灌木丛。突然扑通一声，紧接着就听到了乔的哀号声。

“救命呀！我要淹死啦！”

“你不过是坐在小溪里了！”桑迪的声音传来了。尽管她的声音比乔要低一些，但很容易辨认。“水不深。快点。我拉你上来！”

哈兰德·艾姆斯皱起了眉头，问：“汤姆，我联系不上他们。他们的声音是通过什么播出的？”

“我们到底在哪儿呀？”乔的声音听起来非常痛苦，“你觉得我们能在被食人族吃掉之前活着离开这儿吗？厨师这样死掉可真不同寻常！我好想知道他们用什么方法炖我。”

桑迪笑着打断了他。“我觉得闻到了做饭的味道！”在一段停顿之后，她接着说道，“乔，不是你做的。有做饭的味道，从这儿往逆风方向走就是狮掌村——”

丹顿向着楼梯走去：“我知道他们在哪里！这附近只有一条小溪，而且只有一处溪水很浅可以蹚过去！如果我们快点的话，就可以趁他们还没走远找到他们！”

菲利斯坚决要求同汤姆和丹顿一起去。“你们可能需要女人的直觉！”她大声说道。

菲利斯预感成真。小溪在某个地方分岔了，丹顿也忘记了这一点。菲利斯那神乎其神的直觉引领着他们向正确的方向走去，很快他们就听到了前方乔和桑迪的声音。

当桑迪看到哥哥时，她高兴地失声痛哭：“哦，汤姆……”

乔则用一种诙谐的方式表达了他的宽慰。“我又能做晚饭了，”他咯咯笑道，“而不是成为别人的晚餐。”

汤姆认真打量着厨师乔。正如丹顿所说，既然乔的声音听起来比桑迪清晰得多，那他身上一定带着一个便携式无线设备。

可是，乔身上似乎没有任何东西可以用作无线电发射机。

乔又喋喋不休地说起来："尝尝厨师之星的手艺——"

"厨师之星！"汤姆大叫一声，恍然大悟。他示意人们不要出声，然后指了指乔的腰带。

汤姆打着手势让乔取下腰带。乔把腰带交给了他，汤姆小心翼翼地旋转着腰带上的一颗铜星。

铜星拧开了！里面有一个高度精密的窃听设备！

汤姆立即拧开了所有的铜星。"嗨！你毁了我的奖品！"乔抗议道。

"可是这样你就再也不会被人监听了。"当大家掉头向飞行实验室走去时，汤姆向乔说道。

"原来公司的信息就是这么泄露的！"汤姆向他展示腰带上的无线发射机时，艾姆斯大叫道。艾姆斯把乔叫来，乔说竞赛申请表是邮给他的，可他早忘了表上的地址。

"我敢说奖品肯定是骗局。"艾姆斯断言道，"是金凯德选中你，让你赢了这个奖。"

汤姆点了点头："我们的敌人本想借乔的手炸死我们，结果乔却和我们一起来到了非洲，现在他们的自动间谍也失效了！”

他咧着嘴笑着，说：“现在金凯德再也没有任何办法获取莫诺·斯威夫特的信息了！”

丹顿非常高兴交到了这些新朋友。然而，他建议道：“如果我是你们，我的确会非常高兴，可是也会非常谨慎。”

“是的。”艾姆斯赞同地说道，“汤姆，我想让敌人继续听下去。”

“你是说故意给敌人提供错误信息来扭转局面？”

艾姆斯点了点头，说：“如果他们突然听不到我们谈话了，就会知道我们已经发现了窃听器。”

乔热切地说道：“那么，我继续用这条腰带！”

“你猜金凯德是不是幕后操纵者呢？”桑迪问道。

“想要查明这个，只有一个办法。就是把他往错误的路子上领，看他会不会跟着做！”汤姆回答道，向着蓝天女王号走去，“抱歉，现在我们必须离开了，回到企业集团，继续莫诺·斯威夫特项目。”

丹顿遗憾地同他们告别，说道：“下次你们再来的时候，我会帮助你们搜寻监控器。同时，我会随时留意一切动向！”

大家都和丹顿握手言别。“下一次，”艾姆斯说道，“我们会暗中彻查整个地区。飞行实验室总是引起太多的注意。我认为到达肖普顿之后，我们应该假装放弃了搜寻，然后秘密返回重踏探险之旅。”

在汤姆的驾驶下，飞船迅速垂直升空，地面上挥手告别的丹顿的身影也很快缩成一个遥远的小黑点。

“我要打破书中记载的飞行高度！”汤姆自夸道，深深地沉醉在飞行的喜悦中。

在海拔121千米处，天空变得黑如墨色。突然间，他们听到了连续的撞击声，听起来就像是枪林弹雨正猛烈击打着飞船。

“陨石雨！”汤姆大叫着驾驶蓝天女王号急转弯来避免灾难。

可是一切为时已晚。尽管飞船可以抵挡导弹的袭击，可是外壳的塑料材质根本经受不住这些来自外太空，如葡萄般大小却速度极高的物体撞击。飞船的一侧机翼遭到了严重轰击，蓝天女王号开始呈螺旋式疾速坠落。飞船在劫难逃了！这时，汤姆突然想出了一条妙计，也许这个办法可以救他们一命。

“我要给受损机翼一侧的推举器增加动力！”

当飞机渐渐恢复平稳，汤姆才长长地舒了一口气。

“你的办法奏效了！”桑迪惊叹道。

“是的。”汤姆同意道，“可是我们还没有完全脱离险境。我只不过是暂时控制住了飞船。”

汤姆巧妙地操控着推举器和前助推器，没过多久，蓝天女王号及船上的人员就安全到家了。

“哦！终于结束了，我真高兴。”桑迪从悬梯上爬下时

说道。

巴德出来迎接他们，桑迪假装疲惫不堪地扑到了巴德的怀中，巴德太高兴了，没能扶住她。桑迪咯咯地笑着说道："巴德，你不在汤姆身边管他，他都变疯了。"

第二天早上，在实验室里，汤姆打开了乔皮带上的监听器。厨师乔完美地演绎了他要扮演的角色。"两份西式煎蛋卷来喽！"他大声说道。

"谢谢啦，乔。"巴德根据乔的话做出相应的回答。他们三个人早已提前排练好了这一幕。"没有东西能比得上你做的西式煎蛋卷——它们是最好吃的！"

"这让我有了一个新的想法。"现在轮到汤姆说台词了，"我们可以去西部的试验场测试莫诺·斯威夫特，那个地方即使是金凯德也刺探不到！"

"好主意！"巴德假装异常激动地说道。

"我会告诉汉克·斯特林，"汤姆说道，"让他把车装到货机上。我们今晚就到大本营了。"大本营是斯威夫特公司在西部建立的一个核能发电站。

大本营周边布满了被腐蚀的矮灌木丛，大片的空地被清理出，建成了核电站和试验场。在这片建筑群的周围，竖立着通电带刺铁丝网，六驾无人机及穿着制服的安保警察共同守卫着它。

这儿荒无人烟。唯一的景致便是那些饱经风霜遍布裂纹的巨砾、碧色小溪流淌而过的赭色山谷、块状的黄色梯田以及崩塌的断崖。

夕阳缓缓落下，崎岖不平的高原也染上了金黄色的落日余晖。汤姆和巴德两人正监督着巨大货箱从货机上卸载的工作，正是这架货机把货箱运到了试验场。

汤姆抬起头来，发现一架无人机正朝着他们飞来。“我猜它是咱们的。”他说道，不一会儿，又惊叫道，“不，这不是咱们的！”

刚才汤姆被落日晃了眼，并没有注意到这架无人机是从另一架喷气式飞机上飞下来的，而那架喷气式飞机正向着落日的方向加速行驶。无人机向着他们“嗖嗖”地飞来，就像一颗飞行的炸弹！

第十四章 单轨灾难

“卧倒！”汤姆大喊道。大家都猛地趴到了地上，只见那架无人机已经把货箱炸成了碎片，燃烧着的碎片像雨点一样四处飞溅。

几分钟后，他们从地上爬了起来。

“这颗炸弹看起来像是外国制造的。”巴德说道，他仔细查看了一块变了形的金属碎片，是那架坠毁的无人机引擎上的，“我说了吧，金凯德是卖国贼，还是个大坏蛋！”

他们的对手会不顾死活，宁肯背负叛国的罪名吗?

“即使是金凯德……”汤姆若有所思地说道，“我们也没有任何证据。倒是有一个办法可以查明宇宙征服者是否参与了这件事。”

汤姆并不信任那些卸载货物的工人，尽管他们每个人都经过了秘密审查。

他压低了嗓音说：“除了我和你，其他人都不清楚莫诺·斯威夫特在几分钟前被炸毁了。”

实际上，那货箱里空无一物，但汤姆只告诉了乔和哈伦·艾姆斯。

巴德感到疑惑不已：“我不太懂。我们怎样才能查明金凯德是否知道这件事？”

汤姆咧着嘴大笑起来：“哪家报纸经常发表对宇宙征服者有利，却对我们不利的消息？”

“《肖普顿晚报》。”

“对！如果帕金斯发表了这条消息，那么他只可能从金凯德那儿获取！”

第二天晚上，艾姆斯来到了汤姆的实验室中。“看看这个！”他大声说着，让汤姆看最新发行的《肖普顿晚报》的头条新闻：

《莫诺·斯威夫特被炸毁》。

标题下面就是对斯威夫特公司西部试验场事故的报道，报道中还指出这场事故迫使他们修建铁路的计划延期。现在究竟谁是汤姆的敌人已经毫无疑问了！

“即使是假消息也可能导致危险的结果。”安保主任艾姆斯说道，表示自己非常担心那些男孩的安危，“我觉得要提防再次上当受骗。毕竟你们已了解了自己想要知道的事。”

汤姆表示同意，问道：“有里特的消息吗？”

“我刚要说。现在还没有收到他的任何音信。我的计划是前往狮掌村，假装搜寻监控器。我想六点前出发。”

“好主意。祝我们好运！”汤姆说道。

当天晚上，在肖普顿商务部的年会晚宴上，汤姆心不在焉，根本没听进去部长的演讲。商务部长一直在大肆宣扬当地产业对地区经济文化发展所做的巨大贡献。他还专门表彰了斯威夫特公司。

商务部长还没坐下，卡斯摩·金凯德突然蹦了起来。这时晚会已经接近尾声了，人们正准备离场。

“要我说，斯威夫特公司就是个大骗子！”金凯德大喊道，他黑黑的眼睛仿佛要喷出怒火。

大厅里突然肃静下来，人们都停下来听他讲话。“他们公司所谓的莫诺·斯威夫特计划进展得像蜗牛一样缓慢——还是只跛脚的蜗牛！”

当金凯德在助手特利和其他随从人员的陪同下走出侧门时，又恶狠狠地留下一句话：“斯威夫特公司是靠监听我们才有了那些点子！”

周围的人们开始窃窃私语。

汤姆沮丧地发现，许多他觉得是朋友的人似乎都相信了金凯德的说辞。他听到一个人说：“我猜老斯威夫特已经干不动了，小斯威夫特还太嫩！”

“儿子，别在意，”汤姆的爸爸对他悄声说道，“失去那些只能同安乐不可共患难的朋友并不可惜。表现得若无其事就好。”

老斯威夫特挽着妻子的手，说说笑笑地走在前面，就好像什么都没发生过。

“看那！”巴德说着用胳膊肘轻轻地碰了一下汤姆，“那个腊肠大师在你爸爸身后干什么呢？”巴德指了指马塔伯特，他看起来好像正在跟踪老斯威夫特。

“我敢说他肯定没安好心！”汤姆从人群中挤了过去，插到了爸爸和马塔伯特中间。老斯威夫特先生还完全沉浸在同妻子愉快的谈话中。

汤姆不由自主地朝着马塔伯特的脑袋重重击去，把他的头巾都打歪了。马塔伯特被打恼了，想用胳膊肘狠狠还击。说时迟那时快，巴德及时出现，抓住了马塔伯特的胳膊。

马塔伯特转过身来，对着巴德的下巴猛地击去。巴德忽然俯下身子，右拳正好击中了马塔伯特的腹腔神经群，把他打得弯下了腰。

似乎无处不在的金凯德的手下开始从背后狠击汤姆和巴德。

老斯威夫特先生看到了这个场面，立即脱下了外套。感觉障碍重重时，他最想好好地干一仗。

“老斯威夫特已经不中用了，呃？我要秀一秀！”老斯威夫特先生嘟哝道。

他正要冲进打斗中，安保们突然出现了，及时制止了这场混战。

斯威夫特太太不知道是该感到宽慰，还是感到失望。她帮着丈夫穿上了外套，这时老斯威夫特先生问汤姆：“刚刚的骚动是怎么回事呀？”

“我也不太清楚。”汤姆回答道。

“现在我们和金凯德的人公然对着干了！”巴德宣称道。

不久后，他们一致认同，把莫诺·斯威夫特项目转移到一个更隐蔽、更安全的环境以备不测，是非常明智的。

“可是去哪里呢？”桑迪问道。

汤姆立即回答道：“去费林岛。我们的无人机在那儿附近巡逻，侵入者根本无法靠近。”

无人机上都装备了汤姆发明的“迫降器”。

它们可以按照地面上无线传呼机发出的指令，俘获任何私自闯入的飞机，并把俘获飞机带到一个由斯威夫特公司掌控的临时降落场。

莫诺·斯威夫特被分成几部分秘密运走，到达岛上后再重新组装。在岛上一栋通常进行火箭组装的工程楼里，测试火车很快备好了。

为了不惊动敌人，汤姆只好很不情愿地留在公司。然而，他没有无所事事。

在费林岛的立体地图上，他用比例尺精确地标出了一辆单轨车进行试运行的地点。首先，单轨飞车要环绕海岸线行驶，然后猛冲到海面上几百米。此地是多岩海岸，岸边是一处不高的悬崖。

同时，费林岛的安保官员菲尔·拉德纳把岛上及周边的警力增加了两倍。多架直升机时刻戒备着，不放过任何未经许可靠近的船只。

汤姆仍然待在公司中，设计和监督着要在莫诺·斯威夫特上进行的适当改造。他在车的底部安装了一根细长中空的圆柱形管，管子上带有强力电磁感应圈。

“你的改造有什么作用呢？”老斯威夫特先生兴致颇高地问儿子。

“填充有蛇素的缆索铁道会从铁管内穿过，”汤姆解释道，“在电磁铁通电后，莫诺·斯威夫特将在磁通线的平行面上行驶。换句话说，缆索铁道不会接触圆柱形管的内壁，所以摩擦力为零。”

“好主意！”汤姆的爸爸惊叹道。

“几天前，我派了一队人去费林岛。”汤姆说道，“今早他们终于把它安到了莫诺·斯威夫特上。”

“什么时候开始测试？”斯威夫特先生问道。

“就在今晚。我想趁着天黑进行，这样被金凯德的间谍发现的概率也更小一些。”

很快，汤姆驾驶快速直升机在海边降落时，一个身影从夜幕中走了出来，是菲尔·拉德纳。

“一切都已准备就绪。”菲尔·拉德纳说道。他身材矮壮、胸肌发达，在调到这个岛之前一直是哈兰德的助手。

他们俩一起走着穿过沙地。当到达费林岛上最远的地方时，他们停了下来。

“就在那！”拉德诺激动地说道。

尽管汤姆对莫诺·斯威夫特的每个细节之处都了如指掌，可当他看到这个呈流线型的尖头飞车时，眼神中还是充满了敬畏之情。当他爬进驾驶室，坐到驾驶员的位置上时，更感到激动不已。他打开车头灯，透过前挡风玻璃，俯瞰着那条飘浮于地面之上的单轨。

“我要开始试运行莫诺·斯威夫特了。”年轻的科学家宣布道。他脚踩油门，这个了不起的飞车便平稳地向前滑行了。

“重力逆变器运行得不错。”汤姆自言自语道。

他把车速控制在每小时160千米，接着开始检测磁力减震器带来的车体和缆索间的耐受性。

测量器上显示耐受性非常好，汤姆一步一步地踩紧油门——车速从每小时201千米、241千米升到了每小时289千米。莫诺·斯威夫特渐渐驶入海面上的支线轨道。当他正想再次加速时，看了看温度表。温度很高，非常危险！

现在，耐受性已经为零。飞车开始直接在缆索铁道上行驶。

“电磁铁一定失效了！”汤姆大喊道。他关掉重力逆变器时，脉搏都加快了。他希望飞车能够安全地停下来。可是为时已晚。摩擦热使得舱内弥漫着刺鼻的浓烟。车速渐渐降低，他想要打开车门，但是没有用。车上的金属在高温下迅速膨胀，车门卡住了，他无法逃出。窗口处火花四处飞溅。

汤姆被困住了！

第十五章 小岛闯入者

“我一定要逃出去！”汤姆的大脑疯狂运转着。

车内的烟雾变得越来越浓。即使有空调，他仍感到几乎无法呼吸。

紧接着汤姆听到了响亮的嘶嘶声。车内的温度逐渐降低，刺鼻的浓雾也渐渐消散了。

然而，一阵恐慌袭上他的心头。“车要沉到水底了！”汤姆想，“车子肯定已经脱离了缆索铁道！”

除了车体两侧有通风孔外，莫诺·斯威夫特的其他部位都是密闭的。大量的海水经过通风孔，源源涌入车内。他冲到通风孔的控制开关处，竭尽全力地想把它们关上。可是通风孔开关被卡住了，怎么也关不上。

“我要赶快想个其他方法！”汤姆绝望地喃喃自语道。

他的心怦怦直跳，眼睛疼得几乎看不见东西了。几秒钟后，他被一阵巨大的敲击声吓了一跳。

汤姆向一扇圆形的窗口望去，只见一个戴着水肺的潜水员正在窗外望着他。那个人抬手在玻璃上敲出了摩斯电码：

“你现在海底12米。请勿靠近车门。我要炸掉门的合页。已经为你准备好了潜水装备。”

接着，那个人的脸从窗口处消失了。汤姆听到他正在驾驶室门外操作着，于是向后退了退。几分钟后，传来一阵低沉的爆炸声。门被一股洪流冲进了驾驶室内。

车子马上就被淹没了。汤姆奋力向出口游去。那个潜水员正在门口等着，给了他一套自携式水下呼吸器。汤姆感到他的肺就要爆炸了，赶紧戴上了水下呼吸器。能够再次呼吸真是谢天谢地！汤姆和营救人员一起朝海面游去。

拉德诺在岸边等着汤姆。“很高兴看到你没事！”拉德诺开心地大声说着，把汤姆拉上了沙滩，“海空搜救队目睹了这场事故，立即派了直升机和潜水员去救你。”

失去了莫诺·斯威夫特，汤姆感到非常惋惜。“你看到刚才的事故了吗？”他问道。

“看到了。”拉德诺答道，“我刚好站在那里。突然间，我看到车子的底部冒出了许多火花。紧接着缆索铁道便倒塌了，车子也掉到了水中。”

“电磁铁失效了。”汤姆解释道，他思考了片刻，“一定是摩擦热把轨道彻底烧毁，导致蛇素都泄漏了。”

“我怀疑莫诺·斯威夫特是不是被人暗中破坏了？”拉德诺说道。

“只有把车子和轨道从水里捞出来，再仔细调查一番，我们才能下定论。”汤姆回答道，他极力掩饰着自己的忧虑。

第二天，汤姆和爸爸一起讨论这起事故。老斯威夫特先生立即说道：“不管结果究竟如何，以后你要多配备些安全设备，以防事故再次发生。”

“爸爸，我有一个主意。”汤姆说道，然后开始讲述他的想法。

汤姆说，那个承接莫诺·斯威夫特和缆索铁道的圆柱形管应该分成两个独立的部分。这样，万一发生突发事件，两个部分立即像钳子的两个钳嘴那样分开，车子也就脱离轨道了。

“在那一瞬间，”汤姆继续说道，“自动切断闸会阻断引擎的蛇素室内低温妥的流动。这样的话，推进力就会中断，重新变回反重力。然后——”

“思路我明白了，”老斯威夫特先生打断了汤姆的话，“然后车子就会飞离轨道，飞到空中。”

“正是。”汤姆回答道。

“可是怎样才能使莫诺·斯威夫特重返地面呢？”

“很简单。我们只要降低蛇素气体的温度，也就降低了它的反重力性能。”

在等待车子从水里捞出的时间里，汤姆又开始设计安全设备。很快，公司里的车间又忙碌起来，工人们正在卖力工作，努力把汤姆的最新想法变为现实。

几天后的一个下午，晚些时候，汤姆接到了费林岛打来的一个紧急电话。

“我是拉德诺！”话筒中传来拉德诺的声音，还夹杂着噼啪的静电杂音，“我们刚刚逮到了一个侵入者！正把他带回临时机场！”

这一次，汤姆不打算放过任何闯入者。在费林岛，六架无人机通常都是以顺时针的方向绕岛巡逻。

“让三架无人机以逆时针方向巡逻，”汤姆向费尔下达命令，“这样的话，不管他采取什么逃跑手段，我们都能抓住他！我会给你发出行动信号。”

“抓他可真不容易呀。”在重复了汤姆的指令后，安保主任说道。

“即使这个闯入者配备了反电磁设备，”汤姆说道，“他还是会吸引半数的无人机。我马上就到那儿了！”

汤姆跑向自己的喷气飞机，几分钟后，就驾驶飞机朝着费林岛的方向飞去。他通过无线电指挥这次抓捕行动。

“进展得如何了？”汤姆问道。

“还没抓到。”

不久，汤姆发觉适宜时机已到，便对费尔说道：“打开拦截开关！”

这样做可以使迫降器借助电子力俘获被捕的飞机。在每架无人机上，还安装了一台畸变放大器，这台设备可以保护无人机免受配有相似装置敌机的反噬。

话筒中传来拉德诺激动的声音。汤姆的俘获策略成功了！

当他驾驶着飞机降到机场上时，发觉无人机也即将返回机场了，产生抓捕磁力的发动机的轰鸣声正逐渐变弱。

“我们抓到了一个闯入者！”拉德诺得意扬扬地大喊道。

拉德诺骑着摩托车，从无人机控制台的方向加速驶来。

“汤姆，我们抓住他了！我们抓住他了！”

汤姆和拉德诺一齐奔向那个处在一队无人机包围圈中的被俘飞机。无人机仍然闪动着火红色的信号灯。被俘飞机看起来似乎是一架中型客机，尽管机上座位都是空的。飞机驾驶室的舱门打开了，只见一个身着飞行服的年轻黑发男子走了出来。

“天哪！”他摇了摇头，看起来似乎疑惑不已。“我这是在哪儿呢？我做了什么？多么刺激的旅程！感觉就像坐了过山车、摩天轮和旋转木马！”

“你在费林岛上，”拉德诺回答道，“你刚刚闯进了由政府保护的禁飞区。”

“你是什么人？”汤姆质问道。

“我叫史蒂夫·唐尼，”他咧嘴笑了，伸出了一只手。“我为一条包机航线工作。在被你们抓住时，我正要飞往芬伍德机场。刚才可真是不小的骚动！我还以为自己撞见了顶级秘密武器呢！”

“你在费林岛附近干什么？”菲尔·拉德纳用怀疑的眼神

打量着他。

“我迷路了。飞机上的仪器坏了。”

“你不介意我进去看看吧？”说罢，汤姆开始爬进驾驶室。

“去看吧！”斯蒂夫笑道，“我没什么见不得人的。”

不一会儿，汤姆就确定了这个被俘的飞行员没有撒谎。可是，在彻底搜查完之前，他不愿放这个飞行员走。

“我会帮你修好仪器。”他向唐尼说道，“和我们一起在岛上的餐厅里吃晚饭，怎么样？”

“好主意！我现在饿得都能吃下一头牛了！”

“不要那么能吃吧！”汤姆笑着说道，“我要告诉厨师，我们迎来了一位不速之客。”

在通知厨房又来了一位客人之后，汤姆给在公司的巴德打了个电话。

“这个家伙看起来很率直——率直得有点过。我想让你把咱们的新探测车开过来。”

巴德马上把新探测车开到了一架货机上，然后朝着费林岛进发。这辆车配备了各种精密的探测设备。不一会儿，货机降落到费林岛的机场上。在跑道上，他见到了汤姆。

“快告诉我更多这个不速之客的信息。”巴德催促道。

“我倒希望我能说出更多。”汤姆回答道，“他很擅长打交道，没有任何不良记录，可是我还是不相信他的说辞。所有飞行员都知道这个岛是禁飞区。”

“你想要我做点什么呢？”巴德问道，“我很愿意揭开间谍的真面目。”

汤姆点了点头，说：“唐尼是不是间谍，我还不能下定论，可是他的飞机上没准有某种监听设备。”

“那么我们现在把探测车开过去吧。”巴德说道。

当他们俩开着探测车穿过机场时，汤姆悄声说道：“咱们先别说话。”

汤姆和巴德把探测车停到了离唐尼的飞机仅有几厘米远的地方。巴德用手指了指探测车上的仪表盘。

汤姆盯着车上的检测仪，突然间，他的眼睛瞪得老大。“有人在这儿周围走动！”汤姆想道，“地板下肯定有一个秘密隔间！”

第十六章 穷追不舍

汤姆突然从兜里拿出一本便签簿和一支铅笔。他向巴德写道："我有一个计策，可以把间谍引出来。你从装备室里取一颗信号炸弹，然后在距飞机100米的地方引爆。我在飞机上等着你，我们要把敌人'谈'出来。"

巴德咧嘴大笑，随即匆匆离开。他走进飞机同汤姆见面时，发现汤姆正在飞机里大声地来回走动，假装对飞机的内部非常欣赏。

"多么棒的小飞机！"汤姆大声说道，对巴德眨了眨眼。

"斯威夫特公司也该买几架这样的飞机！"巴德大声回答道。

突然间传来了一声巨响！

"天哪！"汤姆尖叫道，假装非常惊恐，"一定是有人想要轰炸我们！"

"离我们很近！"巴德大声叫道，"看！飞机已经着火了！"

“巴德，左机翼已经着火啦！”汤姆发出一种匆忙仓促的声音，“如果火烧到油箱，我们就完蛋了！”

“快跳！快跳！”巴德狂奔到门口。

突然间，飞机内的地板下传来一阵骚动的声音。一扇小门打开了。一个戴着头巾的脑袋出现在门口。

马塔伯特！

当马塔伯特疑惑地四周观望时，汤姆和巴德俯下身去，躲到了两把椅子的后面。马塔伯特向下望去说：“根本没有火啊！”

汤姆和巴德你看看我，我看看你。秘密隔间还有其他人！

汤姆从藏身之处小心翼翼地向外窥视，看到了特利的大圆脸。

“我没有看到火呀！”特利说道，听起来疑惑不已。

“肯定有诈！”马塔伯特朝着门口走去。

特利紧跟其后：“我们赶快出去！”

汤姆和巴德立即站了出来，挡住通道，与他们俩对峙着。

马塔伯特大吃一惊。“汤姆·斯威夫特和巴德·巴克利！”他想从汤姆和巴德身边慢慢挪过去，“你们怎么知道……”

“我们可没有你想得那么傻！”汤姆从梯子上爬了下去，进入了那个秘密隔间，“我倒要看看你们的飞机上有什么好玩意！”

汤姆打开灯，环顾了一下秘密隔间："和我怀疑的一样！侦查相机和监听设备！"

汤姆来到巴德身边。巴德对他说道："我猜他们想要偷拍运转中的莫诺·斯威夫特！"

"可惜他们来晚一步。"汤姆接着说道。

"你什么意思？"特利怒气冲冲地喊道。

"如果你们还不知道，"汤姆驳回道，"我才不会告诉你们！问你们的老板去。"

得知被人愚弄了，金凯德的爪牙恼羞成怒。"我受够了！"特利怒吼道。

马塔伯特赞同地附和道："以后金凯德就自己干这些破活吧。"

突然间，特利扑向汤姆和巴德！这个矮个子男人肥胖的身躯只是个幌子。实际上，他极其强壮有力。他以迅雷不及掩耳之势推开了二人，他的同伙猛地冲过他们身边，跨过门，逃到了飞机外。

拉德诺刚才把摩托车停在了跑道的边缘，马塔伯特朝着摩托车飞快地跑去，汤姆和巴德在他身后穷追不舍。马塔伯特猛踩油门，摩托车便呼啸着开走了。尽管汤姆和巴德使劲跑，也没来得及抓住他。

与此同时，特利趁汤姆和巴德不注意，以他的小短腿能跑得最快的速度，朝着200米外的四个混凝土储油罐跑去。

"他跑向了燃料区！"汤姆气喘吁吁地说道。

"可能他想乘快艇逃走！"巴德回答道。

"你去追他，要抓住他。我去追马塔伯特！"汤姆指挥道。

当巴德去追特利时，汤姆发现附近有一辆吉普车。他把车开得飞快，紧紧跟在马塔伯特后面。可是，在工人营房后面，马塔伯特消失不见了。

汤姆想："我真想知道他要捣什么乱！"

马塔伯特抄了条近路，穿过营房前茂盛的草坪。这时，汤姆来了个急转弯，把车开到了一条狭窄弯曲的石子路上。紧接着，他又转了一个弯。为了不被汤姆追上，狡猾的马塔伯特朝着棒球场疾驰去，那里正在举行一场员工棒球赛。裁判和选手分散在球场的各个角落。这种混乱场面使汤姆的追击受到了耽搁。

汤姆发觉邪恶的马塔伯特正开着摩托车飞奔在一条土路上。这条路正好通向码头，码头停泊着许多艘快艇——这是费林岛安全系统的一部分。

马塔伯特立刻从摩托车上下来，跳到了一艘船上。汤姆骤然停下吉普车，也上了一艘船，继续追击马塔伯特。

马塔伯特开着轰轰作响的机动船，沿着岛屿周围的海岸行驶。很明显，他想借助这些小海湾甩掉汤姆，逃往大陆。但是，他显然不知此处有很多暗礁。突然，马塔伯特的船撞上了一块暗礁。巨大的撞击力把他抛到了波涛汹涌的大海里。

汤姆潜到了水里，向着撞翻的船游去。四下不见马塔伯特的身影。

“他是不是已经被淹死了？”汤姆自言自语道。

一架海空搜救直升机也加入了搜寻，仍然没有任何发现。马塔伯特凭空消失了。

与此同时，巴德追赶着特利，在金属梯上爬上爬下，又沿着新台架周边的弯曲窄路你追我赶。最终，巴德把特利逼到了窄路的尽头，两人打了起来。巴德按住了特利的肩膀，终于制服了他。当巴德带着他去见拉德诺时，特利也没有再反抗。

“我要用直升机把特利和那个飞行员送给当局。”安全警长拉德诺说道。

飞行员唐尼面色变得惨白，正是他把金凯德的手下带到了岛上。“为什么要抓我？”他大喊道，“我什么也没做。我不过是把飞机降到岛上，你们不能因此而逮捕我。”

“抱歉，”拉德诺厉声说道，“如果你没和这帮人勾结，根本不用担心。”

汤姆和巴德帮着拉德诺把两个俘虏押上了直升机。旋翼高速旋转起来，直升机飞离了停机坪，消失在天际。

当晚，汤姆接到消息称莫诺·斯威夫特已经从水底捞出，运到了一个组装火箭的飞机库。汤姆立即冲到那检查莫诺·斯威夫特。他却惊讶地发现车子受损并不严重。

“我要马上把莫诺·斯威夫特运回公司进行修理。”汤姆说道。

生产人员夜以继日地工作，几小时就完成了所有工作，又创下了新的纪录。接着，汤姆监督了安全设备的安装，又下命令把莫诺·斯威夫特运回费林岛。随后，他和巴德也跟着去了费林岛。第二天，火车已经为试运行做好了准备。

“我要试试这些安全设备。”当天早上汤姆对巴德说道。

“这次你可不能丢下我了。”巴德坚决地说道。

“我还是自己去吧。”汤姆争辩道，“可能会很危险。”

“危险没什么新鲜的。”巴德反驳道，“反对无效。我们一起去！”

汤姆笑了：“你赢了。”

不一会儿，汤姆就坐到了左边驾驶员的位置，巴德坐在他旁边。缆索铁道升到6米高空时，汤姆给莫诺·斯威夫特加了前推动力。莫诺·斯威夫特急速转过小岛一端的弯路时，车速已经达到了每小时193千米。“这还只是巡行速度。”汤姆说道，咧着嘴笑了。

巴德观察着、聆听着，心中满怀敬畏。不带轮子的莫诺·斯威夫特安静地冲下直线跑道，没有任何与轨道碰撞的声音。环岛行驶几圈之后，汤姆把车子转向了一个山坡，这个山坡延伸到了水面之上。汤姆伸手去按一个红色的开关，上面标注着：紧急脱轨。

“开始咯！”汤姆大喊道。

汤姆扳动开关。突然间，车子脱离了缆索铁道，驶入了空中。“像火箭一样快。”巴德惊叹道，“我们飞起来了！”

汤姆拧了拧了两个控制旋钮，巴德在一旁仔细观察着。莫诺·斯威夫特又返回到缆索铁道上继续行驶，好像什么事都没发生过。

“天才啊，你成功了！恭喜！”巴德大喊道。

不久后，汤姆和巴德回到了公司，迫不及待地把测试结果告诉了斯威夫特先生。

“儿子，干得不错，”发明家老斯威夫特先生自豪地说道，“有你们在，金凯德可不能轻易取胜。”

尽管老斯威夫特先生非常热情，汤姆还是从爸爸的神情中察觉到他有烦心事。“出什么事了吗，爸爸？”汤姆问道。

斯威夫特先生把一份《肖普顿晚报》拿给儿子看。汤姆看到报纸头条，皱起了眉头。

标题为：《莫诺·斯威夫特究竟发生什么了？》。

“帕金斯又在玩老把戏！”汤姆的爸爸生气地说道，“你就看看他在社论里的冷嘲热讽。我原以为他只想博大家一笑，可是他问道‘斯威夫特公司（这个姓氏很快的公司）能不能快速赢得竞争呢’？”

汤姆愤怒地把报纸揉成一团，扔到了废纸篓里。“我恨死了帕金斯和他的双关语！肯定是金凯德用钱收买了他，让他说我们的坏话。”

老斯威夫特先生捡回了报纸，说：“儿子，你应该读读这篇关于宇宙征服者单轨列车的报道。很显然，曼盖特非常看好这个项目，已派出一支太平洋大西洋勘测队为宇宙征服者轨道规划线路，让它拥有铁路优先权——”

突然间，哈伦·艾姆斯从非洲发来的一通无线电消息打断了他的话。

“汤姆，”安保主任哈伦·艾姆斯说道，“你真的踩在狮掌上了！”

第十七章 狮 掌

“狮掌村就是我们要找的地方！”艾姆斯透露道。他正使用着汤姆爸爸发明的特制扰频器，这种设备可以使窃听者无法听懂他的谈话。

在斯威夫特三名安保人员的陪同下，艾姆斯与丹顿·雷德格罗夫见了面。按照计划，这名K国人假扮成给一群摄影业余爱好者带队的导游。这样，当他们对附近的风景大肆拍照时，当地的原住民根本不加理会。

在一张照片放大很多倍后，隐藏在村后森林里的一个物体逐渐显露出来。这个物体为长方形，安放在很高的天线杆上，看起来像是一个金属格栅。

“我们发现了一个狭长的深谷，”艾姆斯报告道，“那里藏着一台平板扫描仪。它可以向上伸出丛林，拦截空间电视讯号，然后缩到了地下，消失不见。”

“你认为C国人跟这件事有关吗？”汤姆问道。

“我刚要说，”艾姆斯回答道，“我们在营地附近发现了

C国的图纸，还有操作监控器的一套指令。监控器肯定就在附近。”

“在我预料之内。”汤姆说道，面色阴沉。显然，他的死对头又在追踪重力逆变器的秘密！

“还有，”艾姆斯接着说道，“丹顿从他的朋友——原住民村长那里得到确切消息，有一个年轻男子被关押在村子里。从描述来看，一定是里特。村长不敢走漏消息，怕招来杀身之祸。”

“哈伦，”汤姆说道，“去查查C国人是否去过月球，为宇宙征服者提供蛇素。”

“好的，机长。”艾姆斯挂了电话。

当汤姆把里特的事告诉多迪，她脸色苍白。“都怪我！”她几乎要哭出来，“如果不是因为我，他也不会惹上麻烦！”

菲利斯倒不同意：“多迪，你太傻了！天啊，是他绑架了你！”

然而，多迪仍然痴心不改。她喜欢里特，所以宁愿相信他是个好人！

“里特会没事的，”菲利斯说道，“可是，他是金凯德的人。也就是说，你要注意分寸。”

菲利斯对里特的批判却使多迪下定了决心。“我要去非洲！”多迪暗自发誓。

由于多迪可以随意出入公司，她很容易就偷爬上了斯威夫特公司下一班飞往非洲的补给飞机。当艾姆斯看到女儿多迪从一个本该装着罐装食品的大纸板箱中爬出来时，他大吃一惊。

“你这是在做什么！”艾姆斯生气地说道，“你妈妈会担心死你的！”

“我给她留了纸条，”多迪回答道，给了她爸爸一个大大的拥抱。“哎，老爸，你就让我留在这儿吧！”

“可是这儿太危险了！”艾姆斯警告道。

“我必须见到里特，看看他有没有事。”多迪说完，紧紧拥抱着爸爸，亲吻着他的脸庞，“你也知道他对我来说有多么重要。”

哈伦·艾姆斯总是很难拒绝女儿的请求：“好吧，你可以在这儿待个一两天。但是，我一会就把巴德和女孩们叫来，让他们把你带回家。”

在肖普顿，桑迪和菲利斯一想到要去非洲“营救”多迪，就感到激动不已。在极短的时间里，她俩就准备好了行囊，登上了蓝天女王号。汤姆把他的三轮飞机装进了飞行试验室的隔舱里，以便在去往艾姆斯扎营地的途中使用。

为了避免敌人发现他回到非洲，汤姆直接把飞船开到了一个离乞力马扎罗山很远的地方。飞船降落后，四人换乘了三轮飞机。

三轮飞机德拉姆·霍克急速飞到夜空中。当飞机升到足够高度后，汤姆减少了马力，飞机开始向下滑行。飞机悄无声息地掠过黑黢黢的丛林，像羽毛似地轻轻落在了艾姆斯的营地。所有人都一涌而出。

再次见到多迪，菲利斯和桑迪感到非常高兴，也没有因为多迪偷偷溜走而责备她。“话说回来，”桑迪笑着说道，“要不是因为你，我们现在还待在家里呢！”

“在家太无聊了。”菲利斯插嘴说完咯咯地笑起来，接着悄声道，“汤姆整天想的都是工作！”就在这时，汤姆正在给三轮飞机盖上防水帆布。

“我告诉你，”多迪大声说道，“我有预感，里特没事！”

“女人的直觉一向很准。”丹顿·雷德格罗夫说道。

大家度过了一个平静安宁的夜晚。第二天清晨，当人们还在睡梦中时，巴德就早早起床了，想去营地周围的高树密林中探险。

巴德双手叉腰，抬头望向一棵枝繁叶茂的参天大树。随后，他跳上一枝低垂的树枝，两腿紧紧地缠住枝干，向着树干笨拙地爬去。他累得上气不接下气，终于爬到了树顶上。

“仿佛置身于帆船上的瞭望台。”巴德心里想道。他透过随风摇摆的浓密枝叶向远望去，发现狮掌村就在不远处。村里几个土著正忙前忙后。

巴德难以置信地眨了眨眼。里特·金凯德出现在一间茅屋的门口！

里特脸色苍白，目光惊恐，提心吊胆地窥探着村上土路两边的情况。在确定没有人注意到他后，里特向着森林飞速跑去。

当里特的身影消失在森林中时，巴德想道：“他肯定逃不掉！他会在森林里迷路——还可能受到野兽的攻击！”

巴德观察着哪里的鸟儿惊叫着飞起，来推断里特逃跑的路线。同时，也听到猴子们叽叽喳喳的叫嚷声，似乎对这个突然闯入树林的家伙既害怕又愤怒。

巴德立即用铅笔式无线电呼叫汤姆：“里特在这儿呢！他正在逃跑。如果你从东北偏北的方向横穿过丛林，就可以截住他。我朝着西南方向出发追赶他。”

几分钟后，汤姆和三个女孩面对面地碰上了小金凯德。他试图逃走，可是汤姆紧紧地抓住了他。“你怎么了？”汤姆问道。

里特态度倨傲。“不关你的事！”他愤怒地回答道，“我爸爸说，我陷入困境都是拜你所赐！”

多迪走到里特面前，握住了他的手。“求你了，里特。”她恳求道，“我们都是你的朋友！我们想要帮你！”

里特似乎犹豫了一下，对着多迪露出了笑容。

桑迪问道：“如果没什么不对，你为什么要逃跑呢？”

突然间，里特崩溃了，好不容易才忍住了眼泪。“我讨厌死这个地方了。”他坦白道，“我无依无靠的！爸爸把我赶到

了这里，不让我见多迪，也是防止我向斯威夫特企业集团泄密。”

汤姆直视着里特的眼睛，里特也毫不迟疑地盯着他。

“不管怎样，我相信你。”汤姆说道，和里特握了握手，“让我们团结起来吧！”

菲利斯同意道：“我们会成为最佳团队！里特，我们没想离间你们父子，可是你爸爸对待你的方式就像你惹了大麻烦——”

“他自己才惹了麻烦呢，”里特脱口而出，“他也被别人控制着——虽然我不知道是被谁。汤姆，我很不喜欢他们之间的交易，尤其是他们把你也卷入其中。可是，我自己也深陷其中，怪不得人们都讨厌我呢！”

“我不讨厌你。”多迪迅速大声回答道。

“我也不讨厌你。”桑迪接着说道。其他人都齐齐点头。

巴德匆匆赶到的时候，正好听到大家的回答。“我们都很喜欢你！”巴德说道，紧紧抓着里特的胳膊，“你也可以帮到我们。”

汤姆有了一条提议，说：“里特，也许你可以返回村里，查查宇宙征服者是否从月球上获取了反重力气体。你觉得怎样？”

里特显然被这条提议吓到了，可是他极力掩饰着恐惧。他问：“我该怎样做？”

汤姆简要地叙述了一下他的计划。巴德在树上暗中观察时，发现几个原住民总是在进出于那间最大的茅屋。“有一次，他们端进去了许多盛满食物的盘子，一会儿又端着空盘子走了出来。”汤姆向里特说道。

“甚至有一对夫妇在他们的腋下夹着信封。”巴德接着说道。

“嗯，我明白了。”里特插嘴道，“原住民一般不在室内吃饭。所以你认为那个茅屋已经改建成某人的办事处。你想让我弄清楚这件事。”

汤姆点了点头，拿出来他的双向铅笔无线电，说：“不如你带着它，发现确切消息后就呼叫我，怎么样？”

“不行！”里特惊恐不已，“如果被那些守卫发现了，他们就会用腕刀捅我！”接着，他解释说腕刀是一种惩治人的武器，刀片弯曲小巧，打磨得锋利无比。村里的守卫用皮带把它系到了手腕上。

“可是他们为什么要惩罚你呢？”多迪问道。

里特把下巴一沉，说：“因为他们会以为我和汤姆·斯威夫特联系了。”

“太可怕了！”多迪惊叫道。

巴德又想出另一个计划。等大家都回到营地，他会把那棵大树指给里特看。他说：“当你进入村子里时，我会一直在大树上观望。如果你发现反重力气体的任何消息，就给我示意。”

“好的。”里特同意道，“我倒要看看究竟能发现什么。”

几分钟后，里特离开营地去了村里，巴德再次爬到了树顶。他刚好看到里特被两个彪形大汉抓走了，这两个守卫正用C国语言说着什么。

“C国人肯定和金凯德有关系！”巴德惊愕地想到。

C国人开始恐吓里特。他们挥舞着武器，扯着嗓子大喊着。

巴德左右为难。他要不要从制高点下来，不惜暴露全盘计划来救助里特呢?

第十八章 生死攸关的挑战

巴德决定去营救里特。但是，他就要从树上爬下来时，那些折磨里特的C国人似乎手软了。

他们推搡着里特进了最大的茅屋，然后朝着那个隐藏监控器的地方进发。

“我最好赶快回营地，”巴德想到，“汇报这件事。”

巴德讲完这件事后，汤姆不安地皱起了眉头。

多迪非常惊慌。“我们赶快去那儿，把里特救出来！”她恳求道。

“不行，在整个事情还没平息之前，那样做太危险了。”汤姆回答道。

“我觉得我们应该在树上轮流监视。”巴德建议道，“这样每个人都能休息一会儿。”

“好主意。”汤姆赞同道。

一整天，这些男孩一直在树上监视着，可是没有机会和里特接头。附近不断有人走动。最终，夜幕降临，他们只得返回了营地。

汤姆感到非常内疚，说：“我就不该让里特回去。”

“你不必自责。”巴德说道，“要不然，C国人也没准儿会跑过来抓走里特，毁掉我们的飞机，把我们抓起来。今晚早点睡，明天再想办法。”

汤姆上床睡觉了。凌晨时分，汤姆被便携式无线电发出的嗡嗡响声吵醒了。

“抱歉，打扰你了。”汤姆的爸爸说道，“可是情况万分火急，我需要你的建议。”

汤姆揉了揉惺忪的睡眼，问道：“发生什么事了，爸爸？”

“金凯德向斯威夫特公司发出了挑战，从今天起要和我们进行为期两周的比赛。哪个公司的火车能在最短时间内跑完宇宙征服者指定的直线路线，就是最终的赢家。”

汤姆十分怀疑，说：“这可能是他们设的圈套！”

“儿子，我也曾怀疑。可是凭借新的安全性能，我相信能和金凯德一较高下！”

“铁路公司怎么看这个提议？”汤姆问道。

“曼盖特完全赞同。他说会和获胜的一方签合同。”

“好的。”汤姆决定了，“我会接受挑战。”

爸爸非常高兴，说：“我想你会接受挑战的。我会认真安排细节。”

接着，汤姆把里特和他的愧疚告诉了斯威夫特先生：“他正在狮掌村里调查宇宙征服者是否把蛇素从月球上带回来了。”

“可是他能逃脱那些C国人的魔掌吗？”斯威夫特先生问道。

“这也正是我和巴德所担心的。我们打算上午把他救出来，希望他能告诉我们宇宙征服者是否有蛇素气体。”

“如果宇宙征服者公司得到了蛇素，并把它应用于火车的引擎内，会怎样呢？”老斯威夫特先生询问道。

“那么我们就有大麻烦了。”汤姆回答道。

汤姆的爸爸十分赞成，说：“汤姆，看到你能够看清现实，我非常开心。然而，残酷的事实就是金凯德有很多一流的工程师，而且他们通过乔的皮带窃听了我们。他们对蛇素用途的了解不亚于我们。”

“我们唯一的希望，”汤姆说道，“就是但愿他们不清楚如何像我那样使用蛇素。”

“你尽快赶回家吧。”汤姆的爸爸建议道。

天一亮，巴德就爬到了大树上来监视情况，雷德格罗夫也跟了上来。

起初的几个小时里，风平浪静。巴德突然发现一群羚羊正在小池塘边喝水。不远处，一只雌狮躺在地上，准备伺机杀死猎物。羚羊太渴了，根本没有察觉到迫近的危险。

突然间，雌狮猛然袭击了一只离它最近的小羚羊，把猎物叼到了树林旁草丛里的窝里，其他的羚羊都吓得四处逃窜。

巴德被这个场景深深吸引了，丹顿只好戳了戳他。“快看！那边！”丹顿指了过去。

只见雷达扫描器的天线已经从隐藏的峡谷里伸了出来。里特·金凯德正向着格栅的顶部爬去！

里特的手里拿着一面镜子。他把镜子转了过去，来反射太阳光。

“他在发信号！”巴德惊叫道。

“摩斯电码。”丹顿立即从长短交替的闪光中识别出来：

“没有发现月球气体”。

巴德想用铅笔无线电呼叫汤姆，可是遭遇了严重的静电干扰。

“我给他捎信去。”丹顿从树干上滑下来，向着营地匆匆跑去。

丹顿消失在丛林中时，巴德却成功地联系上了汤姆。

“也就是说宇宙征服者根本没有蛇素！”汤姆欢欣鼓舞地说道。

“没准里特的消息不对。”巴德说道，“或许他们早就怀疑他了，故意给了他错误的消息。”

二人都在考虑这种悲观的可能性时，巴德发现天线正缓缓下降，缩进谷底的金属护套里。而里特没有注意到天线下降。他必须马上下来！

可是，当里特开始向下爬时，他的衬衫挂在了格栅上，一股强大的力把他的衣服撕扯成了碎片。再过几分钟，他就要被压死了！

“汤姆，里特要——”巴德正说着，通话却中断了。

巴德毫不迟疑，像猴子似敏捷地跳过树枝，到了地上。他冲着扫描仪的方向飞奔过去。扫描器像一把巨大的核桃钳，就要把里特夹成肉饼了！

“里特！”巴德大喊道，向着前方狂奔。

就在里特无助地快被轧死的那一瞬，巴德猛然拉起了他。

“谢谢。”里特有气无力地说道。他坐在地上，浑身剧烈地颤抖着。“巴德，你救了我一命！”

“不用客气，里特。”巴德打断了里特的话，不好意思接受他的感激，“别忘了你自己也是冒着生命危险为我们——”

突然间，巴德意识到身旁还有别人。

C国的冲锋队悄悄地包围了他们，黑洞洞的冲锋枪口正瞄准着他们俩。

“跟我们回去。”C国人命令道。

一向强硬的巴德也别无办法，只好服从。

他们把巴德和里特带到了村里的大屋前，推搡着他们进了屋里。

在汤姆所在营地的人都想知道巴德遇到了什么事。汤姆试着用铅笔无线电呼叫巴德。

“巴德，能听到吗？”汤姆对着小发射器说道，“再说一遍！能听到吗？完毕！”

无线电另一头一直没有回复，这使大家更加担心。汤姆一遍又一遍地联系巴德，但都没有回应。

汤姆困惑不已：“就在巴德通话中断前，他提到了里特。”

多迪立刻激动起来。“我敢说巴德失踪与里特有关！”多迪拉起了爸爸的手，“爸爸，快点儿，我们去找他俩吧！”

艾姆斯表示反对：“我不希望你再陷入什么麻烦了！”

多迪非常固执，他说：“你知道里特非常信任我。要找到里特和巴德，我能帮上大忙！”

最终，多迪的爸爸勉强同意带着她去。在他的得力助手安保官员查里·马歇尔的陪同下，艾姆斯父女俩向着丛林进发。汤姆、菲利斯和桑迪三人留在营地守卫，丹顿也重新回到村子里进行侦察。

汤姆用无线电和艾姆斯交流了一会儿。突然间，联系中断了。

“太奇怪了。”汤姆对女孩们说道。

“我觉得肯定出事了。”菲利斯忧心忡忡地说道。

桑迪开始来回踱步。“我们出去找他们吧！”她催促道。

费尔站了起来，说：“我们不能坐视不管呀！”

汤姆则更为小心谨慎，他说：“这可能是敌人设的陷阱。

如果我们也落入圈套，还有谁能救我们呢？”

“就算你说的对。”菲利斯说，“可是我们肯定能做点什么呀！”

桑迪对汤姆说：“巴德会说你的点子是以静制动！”

无线电中突然传来了带着浓重C国口音的消息，汤姆终于明白出什么事了。“汤姆·斯威夫特，我想和你做一笔交易，你在A国说过的！”

“你什么意思？”汤姆急躁地回答道。

汤姆听出这是摩斯博士的声音。他是布鲁萨沙——C国航空航天科技局的局长。很少有人见过这个秃头圆脸的男人。海豚一样和蔼可亲的外表掩盖着他那虎鲨一般暴戾凶残的天性。

他用谄媚的声音继续说道：“你们的几个朋友在我手中。”

哈伦·艾姆斯、多迪和查里被C国人抓住了！巴德和里特也在他们手里吗？汤姆想道。

汤姆怒火中烧。“知趣的话，就马上放了他们！”他大喊道。

“很好，汤姆·斯威夫特。”对方回答道。他诡异的笑声使汤姆和同伴们感到毛骨悚然。

“你快放了他们！”汤姆坚持道。

“只要你同意和我做笔交易。”

“什么交易？”汤姆问道。

“如果你把重力逆变器的秘密告诉我们，你的朋友们就可以回去了！”

第十九章 英勇逃脱

汤姆感到左右为难，这是他遇到的最艰难的抉择。

“朋友的生命第一。”他想道。

但他也极不愿意屈服于C国太空局局长的要挟。如果他真的妥协，把重要的科学机密泄露给敌对的外国势力，那就是背叛自己的祖国！

汤姆综合考虑了各个方面的因素，说：“即使我把重力逆变器的秘密告诉了摩斯，我怎能保证这个C国人一定会信守诺言呢？他们从不守信。”

汤姆的大脑飞速运转，他的逻辑思维速度甚至超过了任何电脑。突然，他想出了一个办法：离间C国人和宇宙征服者。

这个办法可能会奏效。也必须奏效！

在思索了几秒钟后，汤姆回答道：“摩斯，参与国际间谍活动的风险可是非常大。”

汤姆打算离间摩斯和金凯德。可是，为防摩斯产生怀疑，他不能马上提及金凯德。

“我国会矢口否认。”这个C国人回答道。

这番话后便是一片死寂。可是，汤姆却感觉到他的对手摩斯已经开始动摇了。

“你能从这次间谍活动中得到什么好处？”汤姆紧紧抓住先机说道。对方仍然没有做出回应。汤姆接着说道：“当然，我可以把逆变器的秘密告诉你，可是无论你有什么打算，也还是斗不过斯威夫特公司。”

“我亲爱的朋友，那可说不定。”这个C国人最终回答道。

汤姆没理会摩斯话中讽刺的意味。他的策略便是继续刺激对手。他说：“没有推进气体，你们怎么使用重力逆变器？”

C国人气急败坏了。他顾不上戒备，粗声粗气地说道：“金凯德已承诺给我们持续供应！”

也就是说，C国人并没有发现蛇素气体源。显而易见，金凯德打算从斯威夫特方面获得气体！汤姆的策略开始奏效了！

他停顿了一会儿，接着说道：“金凯德根本不能持续供应。”

C国人马上问道：“你怎么知道金凯德不能供应推进气体？”

“我就是知道。不信你可以让金凯德给你提供一次大量供应。”

接下来是几小时的沉默。汤姆感到如坐针毡。C国人会打回电话吗?

汤姆开始惊慌起来。是不是他拿巴德、多迪、多迪的爸爸和查里的性命做赌注，却赌输了?

终于，无线电中传来了摩斯的声音：“很好，你们可以领回人质了。”

汤姆感到兴高采烈。他的计策奏效了！

然而，当摩斯接着说道“里特·金凯德还在我们手上”时，汤姆顿时没了精神。摩斯没有做出解释，汤姆也不敢进一步逼问。不然，摩斯可能连其他俘虏也不想释放了！

“来村里的大茅屋。”摩斯说道，“我们会带你见你的四位朋友。”

“我们马上就去。”汤姆挂断电话后，转身看着桑迪和菲利斯，“我们要怎样救里特?我们不能丢下他！”

“我们可以让他男扮女装。”桑迪建议道。

汤姆喜欢这个点子，他说：“可以把拿给里特穿的衣服套在你的衣服里面藏起来。”

“我们仨一起进入这个茅屋。”桑迪建议道，“我会悄悄告诉多迪，让她装病——”

“带上丹顿。”汤姆说道，“丹顿说原住民以为他是医生。在混乱中……”

不一会儿，他们几个就来到了狮掌村，朝大茅屋走去。菲利斯穿着旅行大衣，大衣下面套着长长的印花衬衫，兜里还藏着一些化妆品。桑迪也在自己的帽子下藏了粉饼和腮红。当丹顿假装给“晕倒”的多迪检查身体时，其他女孩赶快趁机给里特化妆。里特穿上菲利斯带来的花衬衫，戴上桑迪的大沿帽子遮住自己的头发。

在里特乔装打扮后，多迪看上去也好了起来。“我感觉好多了，可以回营地了。”她大声说道，故意说给守卫听的。

大家都走出茅屋，不知道这个计策会不会奏效。里特的伪装能骗过这些守卫吗？在黑暗中，守卫们并未注意到还有一个女人离开了茅屋。

在村外，丹顿和大家告别。“我会回到茅屋里，”他说道，“然后假装和里特谈话，这样你们就有更多时间逃跑了。”

“如果他们发现被耍了，会怎样对你？”汤姆担忧地问道。

“尽管村长很忌惮那些占领了村子的人，可他是我的好朋友。”丹顿打消了汤姆的疑虑，“我救过他的命。他会保护我不受任何伤害。”

他们八人拼尽全力快跑回营地。“你真是个漂亮小妞。”多迪逗弄里特道。

就在这时，他们听到身后黑暗中响起阵阵喊声。敌人一定已经发现里特逃走了！

C国人追入营地时，大家依次上了三轮飞机，汤姆正驾驶着德拉姆·霍克起飞。子弹从飞机旁边穿梭而过，但汤姆驾机升空，避开了危险，向着飞行实验室的方向飞去。

“在单轨索道比赛结束之前，我还是一直藏在你们这儿吧。”里特说道。

“欢迎你。”汤姆说道。

他们到达斯威夫特公司后，汤姆安排里特住在行政楼里的一套新客房。汤姆的爸爸也认同里特秘密地住在这里是个好主意。

“他自然害怕以与爸爸为敌的身份继续参与下去。”斯威夫特先生说道。

汤姆微微一笑，说：“感觉像是收留了一个避难者！”

第二天一早，汤姆和巴德就飞去了费林岛。岛上莫诺·斯威夫特已经为最后的测试做好了准备。发明家汤姆驾驶着这辆外表出众的车子行驶在缆索铁道上时，他感觉到了引擎巨大的推动力。尽管蛇素引擎个头不大，却蕴藏着巨大的能量。

“多么棒的引擎！”巴德惊呼道，“汤姆，我们的时速达到了每小时482千米！”

“还没到最高速度呢！”莫诺·斯威夫特呼啸而过时，汤姆回答道。

“等会儿让金凯德看看这个！”巴德咯咯地笑着，“他会惊讶到把眼珠子瞪出来！”

“其实想想，”汤姆说道，有个想法令他心生敬畏，“我们的驱动力就是宇宙里最基本的力——重力。”

“哇！我从来没那样想过！”巴德更加兴高采烈了，“有了重力逆变器，我们怎么会败给金凯德？”

“如果金凯德没有蛇素气体，我们就是胜券在握了。现在我们几乎可以确定，他根本没有蛇素。”

巴德咧嘴笑了：“我们还知道他没有架空缆索铁道。根据桑迪和菲利斯拍摄的照片，金凯德的车子停放在钉入地面的轨道上。”

“金凯德肯定会大吃一惊。”汤姆大笑着说道。接着，他问巴德是否愿意驾驶莫诺·斯威夫特。

“当然啦！”巴德回道。

汤姆坐在座椅上休息，享受着接下来的旅程。在测试结束后，他又给莫诺·斯威夫特做了个最终检查，然后宣布它没有任何问题。

第二天，汤姆和巴德又去察看那160千米长的比赛赛道。他俩乘坐着三轮飞机，仔细地检查了每一寸跑道。

“没有问题。”汤姆说道，“如有任何隐藏物体，我们的控制机雷达都会检测出来。”

“希望如此！”巴德告诫道。

“无论如何我们不用担心曼盖特的轨道状况。”汤姆说道，“我们的缆索铁道会飘浮在它上方。”

“你打算在莫诺·斯威夫特上安装一个控制器吗？”他的同伴问道。

“是的。它可以起到预警系统的作用，以防前方轨道出现任何障碍物。”

日子过得飞快，来自斯威夫特公司的工程师和工人们正赶着完成在赛道上搭建电缆的工作。

汤姆和爸爸被《肖普顿晚报》上发表的一篇社论气得火冒三丈。在社论中，帕金斯指责斯威夫特违规操作，并提议禁止使用飘浮轨道。

不久后，曼盖特打来了电话。年轻的科学家惊喜地发现，这次曼盖特主席难得地站到了他们一边。

“我不介意你们在比赛中使用什么样的轨道。”曼盖特说道，“我只想看谁的创意最棒。”

比赛的大日子终于到了。在比赛前的最后一刻，莫诺·斯威夫特才由一架货机从费林岛运来。此时，莫诺·斯威夫特正在赛道起点上蓄势待发，周围站立着艾姆斯和一群目光锐利的安保人员。

汤姆看到金凯德的车子，顿时勃然大怒。它的外形构造明显抄袭了莫诺·斯威夫特。列车正停在赛道上两条常规轨道间的单面轨道上。

竞赛裁判员提议双方通过掷硬币决定比赛的顺序。结果，金凯德赢了，于是他朝自己的火车走去。

“祝你好运！”汤姆朝着他的竞争对手大喊道，展现出良好的竞技精神。

“把好运留给自己吧！”金凯德回复道，“你才是真正需要好运气的人！”

开始信号发出后，宇宙征服者单轨车渐渐脱离轨道，飘浮至铁轨上方不到30厘米处。“金凯德以电磁力为列车的支撑。”汤姆想道。金凯德的车子一直飘在铁轨上方同一高度处，一转眼的工夫，它就从人们视野中疾速驶出了。围观的人群爆发出热烈的掌声。

“你说得很对，金凯德根本没有蛇素。”巴德说道，“他以原子能为动力。”

斯威夫特一家人和朋友们正焦虑地等着宣布结果。这时，等距分布在160千米赛道各个位置上的官方观察员们正在汇报列车行驶位置及所用时间。比赛的结果会通过公共广播宣布。

“金凯德的表现要比我预想的更为出色，”汤姆喃喃说道，“这将是一场竞争异常激烈的比赛。”

“不用担心。”巴德说道，用手拍了拍汤姆的肩膀，“莫诺·斯威夫特一出场，他的车就会相形见绌，看起来像落后了二十年。”

“我们刚刚接到消息。”广播中传来一个低沉洪亮的声音，“宇宙征服者的列车已完成了前一半赛程，现在开始返程了。”

人们的目光都落到了那条延伸至远方的铁轨上。几分钟后，金凯德的列车就会以惊人的速度驶来。列车快接近终点线时，突然车底蓝白相间的火花飞溅。随着列车缓缓停下，熊熊大火立即吞噬了它。

消防队员马上赶到列车周围，迅速扑灭了火。金凯德和他的助手喘着粗气从驾驶室里跑出来，逃离了列车的残骸。

“你没事吧？”汤姆向他们大声喊道。

“离我远点！”金凯德尖叫道，“你们斯威夫特家人就是始作俑者！你们的悬空轨道使我的电磁短路了，才让列车与轨道摩擦起火。”

“你疯了吧！”巴德回击道。

“不要把你们的失火怪到我们身上。”汤姆气愤地说道，“很有可能是你的电磁根本经不住压力，导致列车落到了轨道上。”

这时，公共广播中响起的一则公告打断了汤姆的话：“请汤姆·斯威夫特马上开始比赛！”

在家人、朋友们的阵阵“好运”加油声中，汤姆和巴德一起登上了莫诺·斯威夫特。开始信号发出后，这列流线型的列车开始向前行驶，车速越来越快。

“我们快得像艘火箭！”巴德看到速度表时大声叫道，

“表针已经过了每小时482千米的刻度线！”

汤姆和巴德在破纪录的时间内完成了前一半赛程。

“根据我的秒表显示，我们已经打败金凯德了！”巴德手舞足蹈地宣布道。

“我们还有一段回程要走。”汤姆提醒道，“老天保佑，千万别出什么岔子。”

莫诺·斯威夫特如同一颗小型彗星般向着出发地疾速返回。突然间，仪表盘上的一盏红灯亮了！

“控制机显示前方轨道上有障碍物！”汤姆大叫道。

列车通过一个小山丘时，他们看到有人从轨道旁向着树林飞奔去。

“看哪！”巴德大喊道，“那个人肯定在轨道上扔了什么东西！”

汤姆的脉搏都加快了，他喊道：“可能是颗炸弹！”

第二十章 斯威夫特闪电取胜

汤姆立即开动了安全设备。莫诺·斯威夫特跳离轨道，飞到了空中。转瞬间，巨大的爆炸声响起。列车受到了冲击波猛烈撞击。

“是炸弹！”巴德大声喊道。

不久后，汤姆驾驶着莫诺·斯威夫特列车重新返回到了缆索铁道上，车子继续向前疾驰。这时，汤姆和巴德抬头看到一架直升机从反方向俯冲过来。

“这是企业集团的直升机！”汤姆说道，“肯定是哈伦·艾姆斯。他说会在我们比赛时巡视赛道。”

“哈伦很可能看到了放置炸弹的人。”巴德说，“他在追那个人！”

“他在恪尽职守，”汤姆说道，“我们也要尽全力。一定要赢得这场比赛！”

在前进的过程中，年轻的科学家小心地把节流阀开到全速。窗外的风景变得模糊不清，一晃而过。

巴德的眼睛一直盯着速度计。“表针又绕着刻度盘转起来了！”他激动地宣布道，“我们肯定会撞上声障墙！”

汤姆咧着嘴笑了，说：“我尽量不让它撞上。我们可不想撞坏窗户。”

几分钟过去了，巴德看到一个亮色的标志一闪而过。“距终点线还有3200米。”他说道。

“我们最好开始减速，”汤姆回答道，“我要逆转重力逆变器的推动力，让车子慢慢停下来。”

汤姆把时机掌握得非常好。最终，莫诺·斯威夫特正好在终点线的位置停了下来，缆索铁道也降到了地上。一大群狂热欢呼的观众包围了胜利者们。

汤姆向窗外望去，发现金凯德和特利匆匆离开了。“可能是金凯德把特利保释出来了。”他想道，“他们才不会恭喜我们！”

汤姆和巴德从流线型的车子中出来时，斯威夫特先生第一个过来欢迎他们。“官方结果还没有计算出来。”他说道，“但肯定是你们以较大优势胜出！”

“铁路合同归你们啦！”曼盖特宣布道，从人群中挤到了斯威夫特一行人面前。

一大群记者和报社摄影师包围了汤姆和巴德。相机咔咔的拍照声此起彼伏，记者们不停地提出问题。这时，斯威夫特先生及几个安保人员护送着汤姆和巴德匆匆离开，朝等在那里的一辆汽车走去。

当他们走开时，汤姆注意到帕金斯也站在观众中。“你看到那儿是谁了吗？”他说道，轻推了下巴德。

“看见了，是帕金斯。他看起来好像是刚刚吃了一碗酸葡萄。”

“这件事会给他一个教训，让他以后不敢再听命于像金凯德那样的人。”

汤姆和巴德被车送回了企业集团。他们到达时，艾姆斯乘坐的直升机也正好降落在行政楼附近。

安保主任的头从舱口伸了出来，他说：“看看我在搜查爆炸地附近的树林时发现了什么！”

艾姆斯推搡着一个戴着头巾的高个子男人从飞机里走出来。

“马塔伯特！”汤姆脱口而出，“我还以为你被淹死了！”

“我可比你聪明多了。”马塔伯特夸口道，“你找我时，我藏在了暗礁中间。然后，我游回了岛上，偷偷上了一架飞往大陆的直升机。”

“在回这儿的路上，我和马塔伯特谈了谈。”艾姆斯插嘴道，“马塔伯特告诉了我金凯德的许多诡计。我已经报了警，现在警察们正在抓他。”

这时，一名安保忽然出现了，告知斯威夫特一行人大门口有一群记者请求采访。

“我不去了。”巴德叹了口气，“我要累死了。”

“我需要休息几分钟平静一下。”汤姆承认道，“我们一块儿去实验室套间。”接着，他向那名安保说道：“告诉那些记者，我晚些时间再接受采访。”

汤姆和巴德两人匆匆来到套间，重重地坐在了两把舒适的大椅子上。他们刚坐下，乔就从厨房里冲了出来。

“老兄，我要给你俩办一场庆功宴。”厨师宣布道。

“什么样的庆功宴呢？薄煎饼？”巴德咧着嘴问道。

“不是——我要做烤牛肉。”乔回答道，“用最上等的菜牛的肉。”

汤姆和巴德打了个盹儿，乔回到了厨房里，开始准备庆功宴。他俩刚刚睡了不到一个小时，电话就响了。汤姆立即从椅子上跳了起来，用手拿起了听筒。

“我是艾姆斯。我正在肖普顿警察局。警察已经抓住了金凯德和特利。警察局长想见斯威夫特家的人。”

“太好了！”汤姆回答道，“我会联系爸爸，我们即刻赶到。”

“越快越好。”艾姆斯提醒道，“调查局将派出几个特工，把金凯德带到W城。调查局想对他与C国人的交易进行审问。”

“里特知道他爸爸被逮捕了吗？”汤姆问道。

“是的。”安保主任艾姆斯回答道，“警察告诉里特这个消息后，他很狂躁，医生只好给他打了镇静剂。”

斯威夫特一行人到达肖普顿警察局时，艾姆斯在那儿迎接他们。他说：“马塔伯特和特利被关在两个单独的房间。你们和金凯德谈谈，我去审讯他俩。”

很快，在警察局的审讯室里，汤姆和爸爸与金凯德进行了面对面的交谈。

“我完蛋了！”金凯德大叫道，他看起来马上要崩溃了。

“你早就该料到会有这样的下场。”斯威夫特先生说道。

“你为什么总要破坏我的计划？”汤姆质问道。

“我的公司濒临破产。”金凯德颤抖地回答道，“急需曼盖特的铁路合同。可是，对我公司来说，你们的实力实在太强了。我只能寄希望于破坏你们的计划。”

“这可不能成为掩盖你罪恶行径的借口，”汤姆厉声说道，“你们还绑架了多迪·艾姆斯。”

“那是特利的主意！”这位囚犯坚称，“我原本是反对这个计划的。可是特利最终说服了我，他说这个办法绝对可以逼你交出秘密。”

“为什么你的儿子来到我们这儿的那晚被下了迷药？”汤姆问道。

金凯德解释说，里特威胁他要把多迪关押的地方告诉斯威夫特家的人。于是他命令马塔伯特时刻监视里特，以防他跑出去。

“但我并不知道马塔伯特想给里特下迷药。”他接着说，“药的剂量不大，见效很慢。所以里特逃了出来，而且在昏迷之前到达了你们那儿。”

“你为什么突然决定把多迪送回来？”斯威夫特先生问道。

金凯德在椅子上不安地扭来扭去：“马塔伯特告诉我里特逃走了，我敢肯定里特打算实施他的威胁。所以我害怕了，打算马上放了那个女孩。我们觉得不会出事，是因为整个过程中多迪被下了迷药，根本不可能知道到底是谁绑架了她。”

当被问及他与C国人的关系时，金凯德声称他把国防部委托其公司生产的火箭零部件的技术规范给了C国人。而作为回报，C国人也要帮他们窃取汤姆重力逆变器。

“那么肯定是C国人给了你一些蛇素气体。”汤姆突然插话，“不过我们原以为他们没有发现。”

突然间，金凯德似乎忘记了自己的狼狈，开始捧腹大笑，简直已经歇斯底里了。“可不是C国人给我的！”他大喊道，“你永远猜不出那个东西是怎么到我手上的！”

“我们可没有心情跟你玩游戏！”斯威夫特先生反驳道，“快点！都交代出来！你是怎么得到蛇素气体的？”

“你绝对不会相信！我的飞行员抓到了你们的飞行薄饼，我就是从那里提取出来的！”金凯德回答道，“你们的厨师可真出格，是个大傻瓜。我给他的那条皮带里藏着一台微型无线电发射机。他还一直天真地以为那是在比赛中赢得的奖品。”

斯威夫特父子又对金凯德盘问了一个小时。然后，他们和艾姆斯一起动身回企业集团。安保主任告诉他们，马塔伯特和特利两人已经彻底交代，他们的说辞与金凯德对汤姆父子俩所说的话完全一致。

“对了，”安保主任艾姆斯说道，“是特利用激光枪打了你。还好他没瞄准，没有打中你，只是击中了卡车里储存蛇素的罐子。”

到了企业集团，汤姆、汤姆的爸爸和艾姆斯三人朝着实验室套间径直走去。过了一会儿，乔宣布庆功宴准备完毕。巴德早就坐在了桌边，迫不及待地等着听其他人讲述金凯德和他手下的事情。当汤姆讲起他们对金凯德的审问时，巴德听得全神贯注。

“关于那颗在基地炸毁货箱的火箭弹，你的猜测非常正确。”汤姆告知他的朋友。

“它的确是外国制造的。确切地说，是C国制造的，但是是金凯德的人在用。”

“可是金凯德为什么要用他们的火箭呢？”巴德询问道。

“他希望借此避开嫌疑。”汤姆回答道。

巴德若有所思地摩挲着下巴，说：“有道理。那我们的德拉姆·霍克遭遇穿甲弹的袭击又是怎么回事呢？他告诉你这件事了吗？”

汤姆靠在椅背上，咧着嘴笑了：“我们可以把那件事归咎于C国。他们没能窃取我们的机密，于是他们认定对自己和金凯德最有裨益的方法就是把我干掉。”

汤姆转过身看着爸爸和艾姆斯。“尽管金凯德很坏，”他评论道，“他却坚称自己的儿子是完全无辜的，我很欣赏他这一点。当然，我们早就知道了。”

“我很喜欢里特。”巴德继续说道，“我真希望我们能为他做点什么。”

“爸爸，我有一个主意。”汤姆说道。

“什么主意？”斯威夫特先生问道，他已经想到汤姆想说什么了。

“为什么不在我们公司给里特安排一份工作呢？”汤姆说道，“他具有成为优秀工程师的潜质。”

“我没异议。”爸爸表示同意，“没准他可以和你一起工作，参与下一项发明。”

汤姆还不知下一项发明是什么，但很快他就忙着造起“戴娜四号”机舱来。

就在这时，乔端着一大盘冒着热气的烤牛肉，从厨房里走了出来。他绕着屋子转了一圈，目光落到了汤姆身上。“我希望你不要认为我在偷听。”他语气温和地说道，“可是，你们几分钟前是不是谈到了煎饼？”

“嗯——哦，是的。”汤姆结结巴巴地回答道。他希望不要把金凯德的发现告诉乔。因为他知道即使这件事不怨乔，这个厨师也肯定会感到内疚。

“你没听错。”巴德说道，给汤姆打了个圆场，“我们觉得你做的薄煎饼实在是太轻了，有时甚至能飞起来。这些煎饼实在是太棒了！”